# 打工吧☆魔王大人

11

Satoshi Wagahara
Illustration Oniku

和ヶ原聡司
插畫 029

Kadokawa Fantastic Novels

# 序章

在真奧、鈴乃以及艾契斯從上野恩賜公園的「地獄之門」，啟程前往安特・伊蘇拉的那個夜晚。

救護車劃破夜晚的寧靜，載著漆原離開，但千穗根本沒有餘裕擔心他，只能戰戰兢兢地仰望站在自己身旁的人。

她曾經在影片中看過這個人一次。

志波美輝——讓真奧和蘆屋害怕得不得了的Villa・Rosa笹塚的房東。

像這樣直接面對面，不能否認對方確實是個擁有強烈存在感的人物。

不過和天使或惡魔們相比，倒也感覺不出什麼遠超過人類的特別力量，看在千穗眼裡，志波就只是個打扮得有點誇張的普通中年女性。

若要說現在這個狀況有什麼問題，大概也只有自己和初次見面的志波兩人被留在公寓這點。

直到剛才為止，千穗都還在向自己的前雇主，亦即志波的姪女大黑天禰，打探「世界的真相」。

天禰似乎對真奧的真面目、來自安特．伊蘇拉的惡魔們，以及質點和生命之樹的事情都非常清楚。

在真奧和鈴乃前往異世界安特．伊蘇拉拯救蘆屋、惠美和阿拉斯．拉瑪斯後，千穗便開始試著代替他們向天禰打探消息。

不過志波意外來訪。這場對話，也因為配合千穗的心意、偷聽天禰說話的漆原突然昏倒而就此中斷。

天禰在志波出現後開始陷入恐慌，漆原也翻著白眼，倒在魔王城不省人事。

最後天禰按照志波的指示跟某處聯絡，沒多久就來了一臺救護車，載走天禰和漆原。

千穗就這樣在接近凌晨兩點的時間，與初次見面的婦人一起被留在Villa．Rosa笹塚。

「天禰這孩子……」

「是、是的？」

志波並未看向手足無措的千穗，直接說道：

「從以前開始做事就有點隨便，她沒對妳做出什麼失禮的事情吧？」

「那、那個……失禮的事情是指……？」

「就是身為質點的後裔，她有沒有說錯什麼話的意思。」

「啊……」

志波的問題出乎千穗的意料。

天禰在剛才那段對話中，是這樣描述志波的——

『這棟公寓的房東志波美輝，也是從質點誕生的存在。』

「那、那個，我……」

既然如此，就表示眼前這位婦人比天禰更接近千穗想知道的事實核心。

正當千穗打算開口向志波問從天禰那兒聽來的話題後續時——

「佐佐木千穗小姐。」

志波叫住她的名字。

這並非千穗還沒自我介紹，或是兩人初次見面這種程度的問題。

千穗吞下想講的話。她感覺自己的靈魂立刻就屈服了。

一被叫到名字，千穗的所有意志就都折服於志波。

那就像是回想起小時候做了不該做的事情，被母親責備的心情。內心直接對她下命。靈魂不允許她反抗眼前的存在。

「我先確認一件事。即使知道事實，妳也無法改變任何事情。在了解這點後，妳還打算知道一切嗎？」

「我……我……」

「妳是在這個世界誕生，沒有任何特別的力量，但也因此特別的人類。看來妳就連寄宿在自己身上的些微聖法氣，究竟代表什麼意義都不清楚。知道一切後，妳的心或許會因為無法忍受自己的無力，而就此崩潰也不一定。即使如此，妳還是想知道嗎？」

千穗不知道志波這麼問意義何在。

她不可能知道。

因為如果放棄了解，她一定會連志波剛才說的那些話的意義都無法理解。

「我……」

「嗯。」

「即使知道後會受到無力感苛責，即使害怕知道後會感到後悔……」

千穗振奮自己屈服的靈魂。她絕對不能在這裡退縮。

既沒有一起戰鬥的力量，也沒有一起戰鬥的智慧，甚至沒有能一起戰鬥的性命，這樣的千穗能做的事情十分有限。

不過完成那些有限的事情，正是千穗應該奮戰的道路。

若因為什麼都辦不到就選擇逃避，對一切袖手旁觀，根本就無法待在他們身邊。

「我還是不想放棄了解。因為感覺一旦放棄了解，一切會就此結束。」

「……」

「知道之後，即使我自己什麼都做不到……至少還是能製造出一個『我知道這件事』的狀況。我……」

千穗用自己纖細的身體，努力對抗夜晚的寧靜與讓靈魂屈服的壓力。

「我相信其他珍惜我並擁有力量的某人，能夠將『知情的我』當成動力或籌碼，為了改變狀況而戰！」

就在這個瞬間，千穗感覺原本束縛自己內心的力量稍微減緩。

然後，志波一臉驚訝地俯瞰千穗。

「……真不得了……」

志波用力握緊手提包的黃金鍊帶。

「對不起，說出這麼傲慢的話……我明明沒什麼力量，而且也不是基於什麼高尚的想法才說這些話。只是……」

千穗抬頭看向Villa・Rosa笹塚說道：

「我希望能一直和最喜歡的人們融洽地在一起。我在這裡，就只是為了這個目的。」

「不，能懷抱這種想法，並為這個想法奮戰的人絕不多見。我隱約能夠理解，為什麼『她』會看上妳了。」

「……咦？」

不知不覺間，束縛千穗內心的強大力量已經消失，志波對千穗伸出手。

「今天就來我家吧。總不能叫妳現在回去，我也不想在房客外出時擅自進去打擾。」

「好、好的……」

現在的確無法進入真奧等人的二〇一號室，而原本在二〇二號室幫鈴乃看家的天禰也坐上救護車離開了。

千穗坦率接受志波的提議，跟著後者前往一棟蓋在Villa・Rosa笹塚隔壁的洋房。

這間大小是千穗家的三倍並附設廣大庭院的建築物，在東京都內應該能被歸類為豪宅。

再經過裝潢宛如電影場景的玄關大廳後，千穗來到一間設計優雅的會客室。

「雖然已經很晚了，但我也有些事情想問妳。妳可以稍微陪我一下嗎？」

志波讓千穗坐在有絲綢刺繡的沙發上。

接著她替看起來感到彆扭的千穗泡了散發熱氣的紅茶。

儘管覺得緊張，但在喝了一口帶著溫和甘甜香味的紅茶後，千穗總算稍微放鬆了肩膀。

「那麼，妳可能已經從天禰那裡聽說了，這個世界——地球過去也有被稱作生命之樹的存在，從樹上誕生的寶珠『質點』構成世界，並奠立了人類的基礎。」

「嗯、嗯……」

千穗這時才發現自己將記事本和筆忘在鈴乃的房間。

「不介意的話，想把這些事記下來也沒關係。」

志波不知從哪裡拿出記事本和羽毛筆，連同墨水壺一起遞給千穗。

「謝、謝謝。」

在千穗努力與沒用過的羽毛筆和墨水壺等文具奮戰，準備做筆記之前，志波一開始就先投了顆震撼彈。

「原則上，所有的質點都必須留在自己誕生的世界。」

理解這句話的意思後，千穗不自覺地遮住自己的右手，但這點小動作當然逃不過志波的眼睛。

志波筆直看向千穗右手上那只鑲了「基礎」碎片的戒指，繼續開口說道：

「最近有『不屬於地球的質點』造訪地球。雖然現在已經感覺不到氣息，但看來似乎也沒有回到原本的場所。」

關於「不屬於地球的質點」——

「質點是構成世界的寶珠。一旦失去寶珠，那個世界的人類就會慢慢滅亡。儘管不是一兩天就會發生的事情，但還是必須盡早讓質點回到原本的世界。」

就千穗所知，那應該是三個化為人形的存在。

一個是惡魔帶來的少年，伊洛恩。

一個是和真奧在一起的少女，艾契斯・阿拉。

最後——

就是惠美和真奧的「小孩」，對千穗而言是無可取代的小女孩。

阿拉斯・拉瑪斯。

魔王與勇者，徹底語不投機

銀行的存款沒了。

理由很簡單，因為都花掉了。

那麼錢都花到哪兒了呢？首先是別人的新手機。雖然選了便宜的機種，但因為不是辦新機而是變更機種，即使選舊款仍是一筆不小的開支。

接著是衣物。大致買了幾套過去沒買過的中年男性衣物，並連同內衣和鞋子整套買齊後，即使只是適當地挑選，也是一筆頗為沉重的開銷。

然後是「還錢」。原本對自己至今的儲蓄還有自信，但「被求償的金額」超乎自己的想像，意外地壓迫到今後的計畫。

一次將這些事情處理完後，存款就見底了。

「那、那個，花錢不是應該再更有計畫一點比較好嗎？」

一位中年男子以戰戰兢兢的聲音對她說道。

「你的意思是，要我一直欠那傢伙人情下去嗎？要我一直接受那惡魔般的催款嗎？」

「我不是這個意思。」

男子慎選用詞，勸導般的說道：

「妳現在戶頭裡的錢不夠，在沒工作的情況下，下個月以後的收入也沒有保障。應該還有挪用我的儲蓄，或是分期付款等方法吧？」

「我討厭借錢。」

「呃，雖然我也討厭……」

「基本上要是一直不清償這筆借款，誰知道利息會被怎麼算。」

「可是……」

「而且，我現在的想法是要自己負責償還欠大家的人情。如果不靠自己的力量擺平這些事情，我就無法下定決心踏出新的腳步。」

這裡是某棟高級公寓的寬廣客廳。房間中央有張鋪了可愛桌巾的桌子，表情嚴肅的女兒正隔著桌子與表情困擾的父親相視而坐。

表情困擾的父親緩緩起身，拉開西式房間深處的窗簾。

「那麼，艾米莉亞，不如這樣好了。」

表情困擾的父親稱表情嚴肅的女兒為艾米莉亞，外表原本就充滿威嚴的他，半放棄地看著窗外的街景說道。

「妳要不要考慮搬到那間叫Villa・Rosa笹塚的公寓？姑且不論『他們』，包含貝爾小姐和佐佐木小姐在內，妳不是有很多好朋友都住在笹塚嗎？」

「……」

叫艾米莉亞的女兒，以父親聽不見的音量輕輕嘆了口氣，將視線從原本緊盯的存摺上移開，搖頭說道：

「我說過了吧？我現在無法立刻離開這裡。」

女兒起身，坐到父親旁邊。

「無論如何，我對這房間和這個地區還是有一定的感情，而且在目前的狀況下，我也沒錢搬家。因為一些原因，這裡的租金和那棟公寓只差五千圓，只要節儉一點過，上個月工作的薪水很快就會入帳，再怎麼快，都必須等那之後才能行動。」

「……這樣啊。」

「託大家的福，我目前沒有必須面對的『敵人』。只要早點找到下一份工作，總會有辦法的。」

女兒的語氣，聽起來完全不像是在勉強或逞強。

不過，父親的直覺也確實感受到剛才說的那些話，並不是所有的理由。

女兒該不會是還有其他理由，才不想離開這裡吧？

然而，女兒現在已經是經歷過許多大風大浪，能夠獨當一面的大人了。現在的自己，既沒有勇氣也沒有資格揭穿那個理由。

「先別管我了，爸爸怎麼樣？說新生活……好像也有點奇怪，不過在笹塚生活得還順利嗎？」

「這個嘛。艾契斯是有抱怨晚上能看見的星星變少了。」

「畢竟那裡是市中心啊。」

女兒苦笑，但馬上又壓低語氣問道：

「然後呢？有找到什麼線索嗎？」

父親也以凝重的聲音回答這個問題：

「不……毫無進展。目前完全沒有任何蛛絲馬跡……」

「這樣啊。不過至少這點是確定的吧？」

女兒艾米莉亞．尤斯提納，確實地將臉轉向父親諾爾德．尤斯提納說道：

「媽媽……萊拉人在地球。」

「……應該，是這樣沒錯。」

諾爾德的聲音缺乏自信地動搖。

看著父親不可靠的側臉，艾米莉亞抿起嘴唇。

「對不起。我不是在責備爸爸。只不過……」

「不，這也是無可奈何的事情。」

艾米莉亞，不再是勇者的遊佐惠美，俯瞰著永福町的街景說道：

「直到現在，我們還是不清楚萊拉到底有什麼打算，又是基於什麼目的在行動，這實在太令人不快了。」

※

在這一個月裡，圍繞遊佐惠美的環境發生了驚天動地的變化。

為了尋找父母的線索回到安特・伊蘇拉的惠美，被捲入出乎意料的麻煩，因此無法在預定期間返回日本。

東方的大帝國艾夫薩汗向安特・伊蘇拉全境宣戰，魔界的主戰派馬勒布朗契一族企圖復興魔王軍，惠美被捲入企圖利用這兩個勢力，在暗中行動的天界勢力與過去的同伴奧爾巴・梅亞的陰謀，成了被囚之身。

魔王撒旦真奧貞夫，事後得知惠美和總是與她形影不離、從構成世界的寶珠「基礎」碎片誕生的阿拉斯・拉瑪斯被捲入了某種麻煩。

然而就在真奧對此袖手旁觀的期間，身為他心腹兼左右手的惡魔大元帥艾謝爾——蘆屋四郎，居然和惠美的父親諾爾德・尤斯提納一起被捲入天界的陰謀，帶到了安特・伊蘇拉。

為了救出蘆屋、阿拉斯．拉瑪斯，以及自己征服世界野心最大障礙的惠美，真奧與鄰居的聖職者，新生惡魔大元帥（暫稱）鎌月鈴乃，和同樣誕生自「基礎」碎片的少女艾契斯．阿拉，一同親征安特．伊蘇拉。

奧爾巴和天界的目的，是利用艾謝爾與馬勒布朗契們，重現勇者艾米莉亞將魔王軍驅逐出東大陸的狀況。

然而蘆屋看穿了天界的計畫，並從天界勢力的其中一人加百列身上，感覺到與這場重演劇不同的意圖。

在各種意圖激烈交錯的艾夫薩汗皇都．蒼天蓋的戰鬥中，真奧與艾契斯搶走了所有人的注意力。

真奧將惠美與蘆屋救出戰場時，鈴乃也在背後解放了惠美被迫接受宗教審判的同伴，艾美拉達。

就結果而言，儘管安特．伊蘇拉的各個勢力都想獲得惠美，但真奧和鈴乃有組織地成功打造出封住他們行動的基礎。

惠美對自己被奧爾巴抓住內心的弱點，以及打從心底信賴理應是自己宿敵的真奧有所自覺。再加上順利與本來以為再也見不到面的父親重逢，無論惠美本人意願如何，她都喪失了身為勇者的自己。

原本肩負使命，必須討伐威脅安特．伊蘇拉全境安全的魔王撒旦——那名勇者艾米莉亞．尤斯提納，已經不復存在。

雖說與父親重逢，對真奧的憎恨也不再像以前那樣強烈，但這絕不代表一切已圓滿收場。

他們至今仍未掌握讓惠美、真奧，以及眾多安特．伊蘇拉人民面臨現狀、堪稱元凶的存在——惠美之母大天使萊拉的行蹤，同時也不清楚她有什麼目的。

到頭來，也不曉得奧爾巴和天界最終是基於什麼目的利用彼此，打算讓惠美與蘆屋重現東大陸的解放戰爭。

此外在加百列、卡邁爾與拉貴爾這些天使背後，神祕太空人的真面目也依然成謎。

阻擋在失去討伐魔王這個情緒動力的惠美面前的，是一片寬廣到無法橫渡，同時也完全無法掌握趨勢的神祕海洋。

※

「媽媽！我回來了！」

皺著眉頭的惠美後方，傳來一道活潑的聲音，惠美的表情也在聽見這個聲音後稍微緩和下來。

諾爾德百感交集地看著女兒的側臉，然後也跟著回頭看向聲音的主人。

「歡迎回來，阿拉斯．拉瑪斯。哎呀，妳怎麼有那個氣球？」

阿拉斯．拉瑪斯手上，正抱著一顆黃色的氣球。她並非抓著塑膠的握把，而是像抱西瓜般用雙手緊緊抱住氣球。

「是在車站前面發的。那好像是推銷行動上網的攤販。」

回答者當然不是阿拉斯．拉瑪斯。

而是護衛諾爾德來到惠美公寓的鎌月鈴乃。

「阿公！氣球！」

「喔、喔喔……」

諾爾德以僵硬的笑容，對得意地炫耀氣球的阿拉斯．拉瑪斯點頭。

雖然阿拉斯．拉瑪斯在立場上是惠美的「女兒」，但兩人並沒有血緣關係，儘管阿拉斯．拉瑪斯的「妹妹」艾契斯．阿拉是叫諾爾德「爸爸」，既然他是「媽媽」惠美的父親，那麼站在阿拉斯．拉瑪斯的角度，諾爾德當然只能是阿公。

早就接受「媽媽」這個稱呼的惠美，以比本人更複雜的表情，看著因為被叫「阿公」而顯得狼狽不堪的父親。

「謝謝妳，貝爾。阿拉斯．拉瑪斯有乖乖聽話嗎？」

「有！」

「嗯，她很乖喔。」

在鈴乃回答之前，阿拉斯．拉瑪斯已經先自己報告。

為了以防萬一，諾爾德行動時都會有人護衛。

儘管諾爾德已經確定將搬到Villa．Rosa笹塚一〇一號室居住，但在那之前，若他需要外出，都會與自由時間較多的鈴乃一同行動。

為了讓惠美和諾爾德討論和錢有關的嚴肅話題，這段期間就由鈴乃帶著阿拉斯．拉瑪斯出門去。

「可是，吃甜甜圈要保密喔。」

阿拉斯．拉瑪斯除了報告自己很乖外，還順便暴露了散步時的小祕密。

「哎呀！妳在外面吃了零食嗎？」

「這是祕密！要保密！」

「看來得先教她祕密這個詞是什麼意思呢。」

阿拉斯．拉瑪斯得意地抬頭看向鈴乃，後者不好意思地露出苦笑，低頭看著女孩說道：

「因為她站在車站裡的甜甜圈店前一動也不動，所以我一不小心就太寵她了。對不起。」

「不會，沒關係啦。我晚點再付妳錢。阿拉斯．拉瑪斯，妳有和鈴乃姊姊說謝謝嗎？」

「有！不過，要保密喔！」

阿拉斯・拉瑪斯抱著氣球，抬頭對鈴乃露出惡作劇的笑容。

即使能夠理解這是只屬於自己和鈴乃的事情，但阿拉斯・拉瑪斯仍未懂得對別人保密，這份天真，讓大人們不禁莞爾。

「這樣就好。」

「放心吧。一個甜甜圈，根本就不會對這孩子的食慾造成任何影響。」

「我只擔心這樣會不會妨礙到阿拉斯・拉瑪斯的正餐。」

鈴乃點頭，然後重新抬頭看向惠美與諾爾德。

「那麼，結果怎麼樣。你們有結論了嗎？」

「呃，這個……」

「雖然狀況有點嚴苛，不過勉強有辦法解決。」

惠美以強硬的口吻，打斷以帶著求助的語氣回答鈴乃問題的諾爾德。

「可是，艾米莉亞。」

看見諾爾德被打斷後的表情，鈴乃以和剛才不同的心情露出苦笑。

「我說過了。這是我自己的問題。放心吧，和至今的事情比起來，沒工作和欠錢根本算不上是麻煩。」

「可是……貝爾小姐，請妳也說她幾句……」

判斷無法說服如此斷言的惠美，諾爾德轉為向鈴乃求助，但後者輕輕搖頭。

「如果艾米莉亞這麼決定，那我也沒辦法說什麼。」

「謝謝妳，貝爾。」

「怎麼這樣……」

相較於慌張的諾爾德，惠美臉上浮現可靠的微笑。

「好了，諾爾德先生。我們差不多該回笹塚了。艾米莉亞今天還有其他客人，我們之後也還有其他預定。」

「喔、喔。」

「那麼，艾米莉亞，阿拉斯·拉瑪斯，先告辭了。」

「嗯，爸爸的事情，就麻煩妳了。」

「小鈴姊姊，阿公，掰掰！」

「嗯、嗯……」

在鈴乃的催促下，諾爾德無奈地離開公寓，不過在前往永福町車站的短暫路程中，他依然好幾次回頭看向公寓。

鈴乃見狀，便向諾爾德問道：

「諾爾德先生，您是在擔心艾米莉亞嗎？」

「咦？呃，那個，事到如今，應該用不著我擔心……」

「我很擔心。」

「艾米莉亞也已經不小了……嗯？」

鈴乃乾脆地說道，讓原本消沉的諾爾德嚇了一跳。

「既然是艾米莉亞，想必她一定激動地說要獨力償還因為前陣子的騷動，欠大家的所有人情吧？」

「嗯，沒錯。我本來是想和她一起償還……」

鈴乃與諾爾德穿過永福町站的驗票口，在車站月臺等待電車。

「艾米莉亞在還小的時候，就一口氣背負了太多的東西。如今這些重擔瞬間全部消失，她應該會覺得很不自在。若想讓她恢復冷靜，要不就是需要強烈的契機，要不就是只能花上一段時間，讓她習慣現在的狀況。」

「……」

鈴乃的話，讓諾爾德再度露出凝重的表情低下頭。

「明明害她背負這些重擔的不是別人，就是我啊……」

「我可以向您保證，艾米莉亞絕對不這麼想。硬要說的話，她現在的焦躁，應該全都指向

萊拉。諾爾德先生反倒是她在背負重擔的同時，持續追求的夢想具體象徵，既然現在你們已經奇蹟重逢，她應該更不想讓你背負任何的重擔。」

「我真的是個沒用的父親。明明我原本就幾乎沒為她做過什麼父親該做的事情……」

諾爾德持續低著頭。

他明天就要從三鷹的臨時住所，搬到Villa・Rosa笹塚的一〇一號室。

諾爾德原本是想趁這次搬家，勸惠美一起搬到Villa・Rosa笹塚的其他空房間，結果卻被斷然拒絕了。

正常來講，既然原本以為已經死別的親子睽違數年總算重逢，惠美在公寓Urban・Heights永福町租的房間空間又還有餘裕，那只要讓諾爾德搬去那裡住就好，但就現狀而言，這實在並非良策。

即使是在與「基礎」碎片有關的人物當中，諾爾德也算是極為接近謎團核心的人物，因此自然需要接受嚴密的保護。

不過惠美的公寓，與了解狀況的異世界訪客們聚集的笹塚仍有段距離。

考慮到惠美之後必須出門工作，讓諾爾德獨自留在公寓只會令人不安，話雖如此，也不能每次惠美去上班時都讓他跟著一起出門。

到頭來，最好的方法還是讓他住在理解者和護衛的戰力都很豐富的Villa・Rosa笹塚。

當然除此之外，即使空間尚有餘裕，讓身為社會人士的惠美與父親在基本上不適合家庭居住的公寓同居，生活上仍會有許多不便，也是其中一個理由。

不過諾爾德也因此無法對整整六年不見的女兒，提供任何日常生活的幫助。

他今天原本是想至少要幫惠美負擔一點目前的「債務」，但最後連這也被拒絕。

鈴乃表情複雜地抬頭看向被無力感擊垮的諾爾德。

站在諾爾德的立場，他不止無法為陷入困境的女兒做點什麼，就連想提供援助都遭到拒絕，也難怪他會因為擔心與挫折感到沮喪。

不過鈴乃無論如何，都不認為惠美目前的狀況有字面或外表上看起來那麼嚴重。

畢竟惠美現在最大的債主不是別人，正是真奧貞夫。

即使取回足以和目標征服世界時的全盛期匹敵的魔力，魔王撒旦還是一回來就立刻重回打工的麥丹勞幡之谷站前店上班，過著和至今沒什麼兩樣的生活，此外他還讓宿敵勇者用錢——而且還是日幣——償還欠下的恩情，對認識兩人好一段時間的鈴乃而言，即使認真替他們擔心也是白搭。

「不過的確。」

鈴乃以諾爾德聽不見的音量輕聲說道。

「難道你就沒辦法再處理得更巧妙一點嗎，魔王。」

她回想起惠美與諾爾德重逢後的隔天的事情。

惠美和諾爾德從安特・伊蘇拉回來後，便在Villa・Rosa笹塚房東志波美輝的好意下所開放的一〇一號室靜養。

那天，鈴乃也為了診察諾爾德的身體狀況待在一〇一號室。

「打擾了，勇者艾米莉亞。」

突然從樓上跑下來的真奧貞夫，臉上掛著適合惡魔之王的邪惡笑容說道。

「喔……真奧先生……」

諾爾德在認出真奧的臉後輕聲喊道，不曉得該如何對待真奧的惠美，姑且讓他進了房間。

「艾米莉亞，妳應該知道我找妳有什麼事吧？嗯？」

惠美雖然對真奧那與平常不同、像是刻意裝出來的做作口吻大惑不解——

「……有什麼事。」

但對自己欠下的龐大人情有所自覺的她，也無法冷淡對待真奧，只好姑且先正面應對。

「沒什麼，只是想請妳早點把欠我的人情還清而已。」

說完後，真奧將一張從筆記本撕下來的紙遞到惠美面前。

上面排滿了以手寫的數字。

惠美訝異地收下紙條並快速掃了一眼，然後鈴乃發現她的表情瞬間變得蒼白。

「這是什麼？」

惠美的聲音微微顫抖，鈴乃從旁邊一看，便發現用原子筆寫了「請款書」三個大字的紙面上，以真奧的駕照費用為首，詳細列舉了所有打從惠美在安特．伊蘇拉行蹤不明後，真奧至今因為惠美而支出的費用。

總而言之，真奧似乎想要惠美用日幣填補因為她回安特．伊蘇拉，而為他造成的損失。

姑且不論過去的宿怨，惠美原本就有自覺必須償還在這次的事件中欠真奧的人情，但讓這樣的她聲音顫抖的原因，是寫在上面的金額。

「考慮到妳接下來應該還有其他開銷，而且必須去找新工作，所以我不會要妳馬上還錢。不過身為在日本生活的專家，妳應該知道吧？這世界上有種叫做『利息』的東西。」

「這個……」

「魔王，你這樣未免也太過分……」

惠美面露難色，鈴乃也皺起眉頭，但真奧絲毫不將這些放在心上。

「嗯？妳有什麼怨言嗎？我這樣計算已經算是對妳很好囉？因為我是個公平的魔王，所以有好好將自己該負責的部分排除在外。然後結果就是這個金額。」

真奧提出的金額，在換算成日幣後，總額是五十萬圓。
對現在沒有工作的惠美而言，這明顯是一筆無法輕易支付的金額。
至於費用的項目，首先是補償若沒有這次的騷動，真奧按照排班表出勤能夠獲得的薪資。
再來是未能取得駕照的補償，以及下次考試的費用。
包含親征安特·伊蘇拉時購買的水與食材在內，整套露營用品的費用。
破爛到還能開機都讓人覺得不可思議的手機變更機種的開銷。
然後支付金額中最大的一筆數字，則是購買機車的費用。
皺著眉頭瀏覽這些項目的鈴乃，突然發現一件事情。
「魔王，這個『太勉強的話，總額也能算妳三十五萬圓』是什麼意思。」
「啊，對了，鈴乃。我也打算和妳商量一下，妳之前買的營業用機車，可以賣給我嗎？」
「你說什麼？」
「妳不是說兩臺五十萬圓嗎？我很喜歡那臺機車，所以想用一半的二十五萬圓跟妳買。」
鈴乃買的本田GYRO·ROOF，具備許多諸如三輪、專為營業用途設計的馬力，以及車蓬等一般機車沒有的特性，如果要買新車，價格將會是普通機車的好幾倍。
雖說鈴乃買的是二手車，但兩臺也要五十萬圓。
其中一臺後來被真奧命名為「機動杜拉罕三號」，並跟著他在安特·伊蘇拉四處旅行，但由於真奧太過亂來，如今兩臺GYRO仍被留在安特．伊蘇拉。

雖然之後艾美拉達和艾伯特將回收所有用品，替他們送到日本……

「總額的五十萬當中，有二十五萬是那臺機車的錢。不過既然妳不願意讓給我，那我只好從其他款式挑自己想要的。GYRO的價格在機車中也算是頂級。要求別太高的話，十萬似乎就能買到相當好的50cc機車，所以在鈴乃不願意將GYRO讓給我的情況，總額就算三十五萬圓。」

「……我拒絕。那兩臺GYRO的所有者是我。你未經我的允許就那樣胡亂使用，等你負責修好後，我就要拿去跟業者抵價換新車。只要用你的魔力，應該很容易就能恢復原狀吧？」

鈴乃受不了似的搖頭，但真奧似乎早已預測到鈴乃會這樣回答。

「那就沒辦法了，這樣要和惠美請款的金額就確定是三十五萬了。」

「等等，魔王。真要說起來，這個要求本身就很不合理……」

正當鈴乃激動地想開口反駁時，真奧伸出手掌制止了她。

「閉嘴，鈴乃。既然妳不願意把GYRO賣我，那妳就沒資格對這件事情插嘴。我用在和惠美無關的事情和艾契斯吃東西的錢都沒算進去。如果有什麼不滿，露營道具的收據我也全都留著。要我全部從頭開始說明也行喔？」

「……」

惠美沉默地握著手寫的請款書，鈴乃見狀，連忙指出真奧發言的矛盾處。

「等等，魔王。無論你是要買我的GYRO還是其他新車，都沒道理要艾米莉亞出錢吧。這次的狀況，和我出錢買你的自行車時不同。如果是你原本就有的機車在這次旅程中故障就算了，但買新機車只是你個人擅自的希望不是嗎？」

「啊？妳在說什麼。」

然而真奧冷淡地駁回鈴乃合情合理的抗議。

「其實，我也可以用其他形式要求『報酬』喔？」

「報酬？」

「沒錯。對我來說，只要蘆屋和阿拉斯．拉瑪斯能夠沒事，就算捨棄惠美也無所謂。雖然追根究柢，我也要為她父親的田地負很大的責任，但即使不論這點，我也沒必要協助『勇者艾米莉亞』和東大陸或安特．伊蘇拉脫離關係。」

「呃，可是關於這部分……」

「因為惠美和阿拉斯．拉瑪斯處於融合狀態，所以救阿拉斯．拉瑪斯就等於救惠美，這種理由對我可是行不通的喔。畢竟阿拉斯．拉瑪斯對我而言是女兒，然而惠美卻是徹頭徹尾的敵人。」

「「……」」

真奧這甚至連詭辯都稱不上的理由，讓惠美與鈴乃雙雙陷入沉默。

「協助敵人的報酬，居然只要價值數萬圓的機車。光是感謝我的寬大都來不及了，應該沒道理向我抱怨吧？」

在雙重的意義上，兩人實在只能無言以對。

看在鈴乃眼裡，真奧在親征安特．伊蘇拉前即便口頭上抱怨，依然十分替惠美擔心。

一行人回到日本後，他也展現出溫柔的一面，直到諾爾德清醒前都沒來打擾惠美。

當然就像真奧說的那樣，他與惠美並沒有因為這次的事件和解。

只是他應該沒必要挑諾爾德在場時提這些事情。這麼做實在是有欠考慮。

「可是……」

「……好，我知道了。」

儘管鈴乃難以接受，但至今一直默默聽話的惠美，在深深嘆了口氣後點頭回答：

「只要清償這些就行了吧？」

「艾、艾米莉亞？」

惠美無視驚訝的鈴乃，繼續筆直看向真奧。

「如果……如果這樣就能清算一切，那還算便宜了。」

惠美以平靜的聲音說道，鈴乃實在無法理解她是基於什麼打算說出這些話。

然而不知為何，真奧居然也和鈴乃一樣驚訝地睜大眼睛。明明這個等於認同真奧所有要求

的回答，對他而言應該是求之不得的結果。

「喔、喔？妳、妳很敢說嘛？惠美，話說在前頭，那可是三十五萬喔？三十五萬，是指向妳要三十五萬圓喔？是只承認日本銀行或獨立行政法人鑄幣局發行的日幣三十五萬圓喔？」

明明這些事根本用不著真奧說明，他仍刻意強調是三十五萬圓。

「我知道啦，那又怎樣。」

然後，惠美以看起來平靜的樣子再度點頭。

「怎、怎樣，呃，那個，妳付得出來嗎？」

反倒是真奧看起來才徹底失去了冷靜。

「什麼啦。你不是來催款的嗎？我知道自己欠你人情。所以我會付啦。」

「喔、喔喔……真、真的嗎？」

「不過這個部分，等你確定好後再來找我吧。」

「什、什麼？確定？確定什麼？」

惠美指向請款書中有爭議的「報酬」部分，亦即機車的項目。

「這個數字只是先隨便寫的吧？等你確實調查好想要的機車價錢，並連同保險等必要經費全部確定後，再重做一份請款書吧。」

「喔、喔喔……喔喔……」

真奧不斷點頭，戰戰兢兢地收回請款書。

「沒事了吧？」

「嗯、嗯……呃，那個……」

真奧不知為何尷尬地點頭。

「那麼，不好意思，可以請你先回去嗎？我接下來還得去買東西。」

「我、我知道了。打擾了。」

相較於從頭到尾語氣都維持平靜的惠美，真奧以和造訪時完全不同的態度，沮喪地轉身離開一〇一號室。

「魔王……」

鈴乃本來還想繼續對那道背影搭話——

「……！」

不過她在發現一樣看似雜誌，被真奧捲起來塞進褲子後面口袋，並因為被坐到而變得皺巴巴的東西後，頓時啞口無言。

「真是的……都怪他做事情拐彎抹角，結果才會變成這樣。」

鈴乃搭上開進永福町站的電車，也不管和服的腰帶會不會皺掉，就直接嘆了口氣深深坐到椅子上。

在那之後過了一個星期。

雖然爭議的機車因為真奧還沒選好而暫時保留，不過惠美已經對真奧付了新手機、過去兩次的駕照考試，以及整套露營道具的費用，就連一星期分的打工費都還了一半。

儘管仍剩下一半的打工費與機車，但就諾爾德所知，惠美的存款目前已幾乎見底。

無論真奧請求的金額再怎麼高，應該都沒這麼容易掏空惠美至今的儲蓄，然而除了真奧之外，惠美似乎也強烈主張要償還欠艾美拉達的人情。

那就是惠美回到安特·伊蘇拉時向艾美拉達借的旅費，惠美堅持既然已經答應過人家，就絕對要償還。

艾美拉達當然不會像真奧那樣向惠美催款。事實上，她甚至表示不用還也沒關係，就算要還也沒必要設定期限，但惠美每次都會說——

『如果不把一切都清算完，我就無法前進。』

鈴乃隨著電車搖晃，同時不忍心地看向煩惱的諾爾德。

如今，諾爾德也已經知道真奧是曾企圖征服安特·伊蘇拉的惡魔之王撒旦。

不過他早在惠美與鈴乃知情前，就已經牽扯上圍繞「基礎」碎片的事件，所以並未單方面地敵視魔王。

現在的諾爾德，單純只是為女兒碰上了惡質債主感到悲嘆。

而且不但部分原因是出在自己身上，女兒還拒絕自己的幫助，這些都讓他這個父親覺得無地自容。

「千穗小姐期望的未來看似近在咫尺，卻又遙不可及呢。」

讓魔王與勇者能夠融洽相處的征服世界的方式。

看來同時深愛著魔王與勇者雙方的高中女生的願望，或許真的沒有達成的一天。

隨著京王井之頭線抵達明大前站，鈴乃結束短暫的思考，下車準備換車。

「諾爾德先生，總之我們先去整理搬家的行李吧。」

「喔……」

既然不曉得遙遠的未來會如何，只好先處理眼前的工作。

為了前往諾爾德的舊家，兩人走向另一個月臺等待開往京王八王子方向的電車。

※

當天下午。

鈴木梨香在依靠薄型手機顯示的地圖走到目的地後，驚訝地抬頭仰望一棟堪稱高級公寓的建築物。

「哇～居然住這麼好。」

眼前的公寓於各方面都遠勝梨香在高田馬場租的套房，而她今天的目的地，就是這棟Urban・Heights永福町的五〇五號室。

「上面那該不會就是所謂的『空中別墅』吧？哇！為什麼她會住在看起來這麼貴的公寓啊。」

梨香對公寓的外觀驚嘆了一會兒後，又因為發現只有在高級公寓能看見的大廳感到訝異不已。

「看來今天能見識不少有趣的事情。」

梨香將薄型手機收進側背包，重新拿好做為禮物的盒裝泡芙，以有些興奮的表情走向正面玄關。

梨香當然是為了見惠美，才會來到這棟Urban・Heights永福町。

她今天的目的，是來聽惠美本人說明那個至今仍令人難以置信、名叫安特・伊蘇拉的異世界，以及惠美過去的事情。

距離失蹤的惠美從安特・伊蘇拉回來，已經過了約一個多星期。在聽說事情告一段落，而答應惠美的邀約來到這裡的梨香，在玄關發現一個人影。

那裡站了一位看起來不像公寓住戶的女性，她頭戴貝雷帽，肩膀上背了一個和嬌小身軀明顯不搭的大提包。

雖然梨香不怎麼將她放在心上，但那位女性突然轉頭向通過自動門的梨香問道：

「不好意思～我有件事想請問一下～」

「喔、喔？」

沒想到會被叫住的梨香稍微嚇了一跳。

「我有事找這棟公寓的住戶～所以想進去裡面～但令人困擾的是～這邊的門一直打不開～」

「咦……」

通往公寓內的玻璃自動門，就在梨香剛才走進來的門對面，這位講起話來莫名鬆散的女性，正以看起來不怎麼困擾的表情指向那裡。

「上面明明寫自動門～但無論自動還是手動都打不開～到底該怎麼辦才好～」

這也是理所當然。這棟公寓的門是自動鎖，只有在透過對講機呼喚住戶，或裡面的住戶要外出時才會開啟。

「呃……只要操作這個面板，打電話到房間……」

「打電話～～給房間～～？」
面對梨香淺顯易懂的說明，這位嬌小的女性不知為何困擾地皺起眉頭，看起來一臉納悶。
「呃，所以說，必須對這個鍵盤按下房間號碼，再按下呼叫鈕，請裡面的人幫妳開門才行。」
「喔～～原來如此～～」
聽完梨香的說明後，嬌小女性驚訝地交互看向面板與梨香的臉。
「我還以為必須從住戶那裡問出什麼祕密的暗號～～」
「呃，妳聽懂了就好。那麼，請妳先按吧。」
儘管覺得對方是個怪人，梨香還是決定先讓那位女性使用對講機。
「那個～～真不好意思～～」
「嗯？」
「這裡的數字只有零到九～～如果想輸入的數字超過九怎麼辦～～」
「……咦？」
一時聽不懂對方在問什麼的鈴香，愣愣地回答。
「那個～～我想去的房間是五〇五號室～～可是這裡沒有『505』的數字～～」
當然不可能有。居然有現代人不曉得怎麼打數字鍵，在為這點感到疑問前，梨香驚訝地凝視那位女性的臉。

「怎、怎麼了嗎～～？」

「妳剛才說五〇五號室？」

「嗯～～」

梨香由上到下快速打量了一下這位態度從容的女性身上的打扮。

這位女子給人的感覺，明顯和常人不同。

雖然很難解釋，但梨香是從眼前這位嬌小女性的衣服和肩膀上的包包都是使用高級素材，而且又都是來自日本以外的文化圈才注意到的。

梨香也不曉得為什麼自己現在才發現，但那位女性從貝雷帽中露出的頭髮，以及正緊盯著梨香看的眼睛，都是日本人絕對不可能會有的綠色。

這些特徵，讓梨香想起記憶中的某個人物。

「妳該不會……是艾美拉達小姐？」

「咦、咦～～？」

戴著貝雷帽的嬌小女性，驚訝地往後退了一步。

「妳、妳是哪位～～？我們有在哪兒見過面嗎～～？妳、妳是日本的人吧～～」

「嗯、嗯，那個，我們是沒見過對方啦……」

梨香重新客觀地仔細觀察對方。

「我曾聽認識的女孩子說過，在惠美以前的朋友當中，有個講話語氣特別鬆散的綠髮女孩，我記得那個人叫艾美拉達……呃……後面是什麼來著。艾美拉達·愛德……」

「是艾美拉達·愛德華……嚇我一跳～惠美，是艾米莉亞在日本的名字吧～這麼說來……妳就是鈴木梨香小姐～？」

自稱愛美拉達的嬌小女性，驚訝地仰望梨香。

「嗯，沒錯。惠美有跟妳提過我？」

「艾米莉亞偶爾會在電話裡提到妳的事情～」

「我們彼此都只聽過對方的傳聞啊，感覺還滿有趣的。」

梨香露出微笑，在對講機的面板上輸入「505」。

「這麼說來～妳認識的女孩子該不會是～」

艾美拉達緊盯著按下呼叫鍵的鈴香側臉問道：

「佐佐木千穗……或鎌月鈴乃小姐吧～？」

「妳說得沒錯。唉，說來慚愧……」

梨香苦笑道：

「因為種種原因，我直到最近才得知大概的狀況。我今天來這裡，就是為了聽惠美……艾

米莉亞從頭說明關於那個叫安特．伊蘇拉的地方的事情，沒想到居然會遇到來自那裡的客人。

嗯？難道惠美是知道艾美拉達小姐會來，所以才指定今天的嗎？」

「不～我想應該不是這樣～其實我今天來這裡的事情……」

『歡迎妳來，梨香！我現在就開門，等上樓後……咦？』

此時，對講機裡傳出惠美開朗的聲音，然而她似乎從對講機上的攝影機，察覺到這裡的狀況。

『艾、艾美？在那裡的，該不會是艾美吧？』

「嗯～～不好意思突然跑來～～」

站在梨香旁邊的艾美拉達，看向梨香指的攝影機鏡頭微笑地揮手。

『咦？為、為什麼你們兩人……』

從惠美混亂的樣子來看，她似乎也沒預料到艾美拉達會來拜訪。

梨香和艾美拉達戲謔地看了彼此一眼後，異口同聲地對攝影機說道：

「「只是剛好在附近碰到～～」」

『…………』

高級公寓的對講機確實捕捉到惠美無言的動搖，並傳到梨香和艾美拉達所在的樓下。

「嚇我一跳。我沒聽說妳要來，而且妳好像又突然和梨香變得非常要好……」

看起來依然驚魂未定的惠美，將泡好的紅茶端到梨香和艾美拉達面前。

「你們以前應該沒碰過面吧？」

「我們是只曉得對方傳聞的夥伴～」

艾美拉達似乎很喜歡梨香剛才的形容方式，微笑地這樣說明兩人的關係。

「我好在意妳都跟艾美拉達小姐說了什麼我的事情呢。」

梨香也笑著用手肘頂了一下惠美。

「我、我可沒說什麼奇怪的事喔？」

惠美慌張地向艾美拉達確認，後者回答：

「嗯～她說妳是個性格大刀闊斧又心直口快的朋友～」

「雖然我覺得很光榮，但艾美拉達小姐，妳應該不太清楚這兩個成語是什麼意思吧？」

「欸嘿嘿～啊～不過我也很在意～佐佐木小姐和貝爾小姐是怎麼形容我的～？」

「其實我知道的，就只有在真奧先生他們去安特・伊蘇拉前，從他們那裡聽到的一些簡略說明。如同我剛才所說，關於惠美的經歷，我只有在真奧先生……呃，那個，魔王撒旦先生的公寓，聽千穗提過一點而已。」

「放心～我也知道他們在日本的名字～那麼～佐佐木小姐她們～是怎麼形容我的～？」

「是艾美拉達，還有艾伯特先生吧？我只知道兩位都是惠美以前的朋友，艾美拉達和惠美一樣擁有強大的力量，是個可愛又厲害的魔法師。」

「佐佐木小姐～真是個好人呢～」

艾美拉達滿足地喝了口紅茶。

「還、還有從外表看不出來是個食量很大的人。」

「……關於這部分～我實在是無話可說～」

梨香和惠美，都發現艾美拉達的動作因為這雖然符合事實但是卻毫不留情的評論而瞬間僵了一下。

「可是～這都要怪這裡的食物……真的太好吃了～」

艾美拉達說完後，開始以充滿興趣的眼神注視梨香帶來的那盒放在桌上的禮物。

「幸好我有稍微多買一點過來。」

注意到艾美拉達的視線後，梨香打開泡芙的盒子。

「……這個是什麼～？」

艾美拉達好奇地凝視著灑了大量糖霜的泡芙。

「妳不知道泡芙嗎？」

「泡芙……？」

「她上次來的時候，只吃過普通的蛋糕。需要叉子嗎？」

「不，泡芙不需要叉子吧。是女孩子就要直接用啃的啊。」

「這是類似麵包的東西嗎～？」

「應該……不算麵包吧？呃，總之妳先吃吃看。這是最近在高田馬場開幕的熱門店，因為很受學生歡迎，所以不容易買到呢！」

「嗯～」

艾美拉達像隻警戒新玩具的貓般，幾乎是用瞪的低頭看向泡芙，然後緩緩拿起其中一顆。

「好輕……不過，裡面很重～？」

「別握太用力喔。不然裡面的東西會跑出來。」

艾美拉達緊盯著泡芙，表情嚴肅地點頭回應惠美的警告。

然後——

「嘿～」

在散漫地激勵自己後，她用小巧的嘴巴大口咬下分量紮實的泡芙，然後在下一個瞬間將眼睛睜大到極限。

「太～～～～～～～～～～～～～～～～～好吃啦啊啊啊啊啊～～！」

「喔喔？」

反倒是梨香被艾美拉達感動過頭後、氣勢逼人的感嘆聲給嚇了一跳。

「擴散開後～～！軟軟的～～！甜甜的～～！然後又擴散開來～～！」

「又擴散開來？」

惠美和梨香大惑不解，接著梨香像是想起什麼似的拍了一下手。

「又擴散開……啊，大概是香草子的味道吧。」

「喔，原來如此。」

「艾美拉達剛才吃的是普通的卡士達奶油口味，這個黃色包裝的則是秋季限定的甘薯奶油口味。」

一聽完梨香的說明，艾美拉達立刻露出更加燦爛的眼神。

「艾米莉亞～～！」

「……好好好，如果不介意是這附近我知道的店，我晚點會再買給妳。」

「太好了～～！」

艾美拉達不顧自己嘴裡還塞滿泡芙，馬上就伸手拿第二個，梨香見狀，笑著聳肩說道：

「要不是親眼看見，真的誰都不會相信你們是什麼勇者、魔王和大魔法師呢。」

惠美和艾美拉達因為梨香這句話，互相交換視線。

「話說回來……雖然剛才被嚇到而忘了問，艾美，為什麼妳會突然跑來這裡？」

「嗚啊嗚～～？」

「既然要讓妳本人親自過來，我想應該是發生了什麼大事吧。」

「賠湊（沒錯）～～嗚咿嗚咿喔啊啊咻咻哇呼啊～～」

忙著吃第二顆泡芙的艾美拉達，一臉幸福地以世界上沒人聽得懂的話回答。

「呼啊～～這裡的點心真的好好吃喔～～」

嬌小的魔法師擦著沾到嘴巴周邊的糖霜，悠哉地喝了口紅茶。

「總之～～我今天來～～是有事情要向艾米莉亞報告～～」

「報告？」

「嗯～～不好意思在妳和梨香小姐有約時跑來打擾～～但我想這一定也和艾米莉亞想告訴梨香小姐的事情有關～～」

艾美拉達說完後，靜靜將紅茶杯放到杯盤上，維持一貫的態度說道。

「奧爾巴招了不少事情～～」

「咦？」

「哇！」

惠美一聽，就像是要把桌子踢飛般激動地起身，梨香連忙按住桌子。
「我是來向妳報告目前所知的事情～我可以直接說嗎～～？」
艾美拉達在向惠美說明前，先看向梨香。
「如果是什麼重要的事情，就以這邊為優先吧。我有一半算是來湊熱鬧的。」
梨香輕輕點頭，將主導權讓給艾美拉達。
「謝謝……嗯嗯！」
在點頭行禮並輕輕咳了一下後，艾美拉達瞬間瞇起眼睛，看著剩下半杯的紅茶表面。
那個眼神，讓梨香不禁屏息。
如今在梨香面前的，已經不是剛才那個全身散發出愛心符號、大啖梨香買來的泡芙的貪吃少女。
而是熟知那個梨香不熟悉的世界，一名異世界大法術士的臉。
「他背叛的程度，遠比我們所想的還要根深柢固。」
艾美拉達換了個人似的，以嚴峻的聲音說道。

起初，我和艾伯特都以為奧爾巴是在藏匿路西菲爾之後，才開始背叛。

畢竟路西菲爾的存在，正是聖典內的「天使」確實存在的證據。

雖然教會的正式記錄中，記載了許多曾和天界溝通過的聖職者，但完全沒有任何能證明天使真正存在，或關於實際去過天界的人類的記錄。

原本大家都以為魔王軍的惡魔大元帥，只是擅自使用「墮天使」的名號，沒想到他居然是擁有和人類相同的外表，背上長了與聖典中圖片相同翅膀的超常存在。

就連並非虔誠信徒的我，在看見那身影後都大吃一驚。

奧爾巴身為大法神教會位階最高的六大神官之一，遭受的衝擊想必遠比我要來得強烈許多。

梨香小姐可能不知道，妳認識的那位真奧貞夫的同居人漆原半藏，其實是聖典記載的首位墮天使，同時也是擁有原始之罪、企圖成神者，以及晨曦之子等各種稱號，堪稱最有名的天使……咦？怎麼了，梨香小姐，妳說他看起來不像？

嗯，艾謝爾經常抱怨路西菲爾在日本的生活態度？而且他既不幫忙做家事也不工作，動不動就擅自用魔王的錢亂買東西和製造垃圾？

……嗯～呃～那個～總而言之～妳得先接受漆原半藏在安特．伊蘇拉的聖典中是還算有名的存在～我才有辦法繼續說下去～就先別管他現在的生活態度怎麼樣了～

因為他原本是天使～後來又變成惡魔～想必一定沒拿過比湯匙還重的東西吧……嗯……

嗯嗯！

那個，剛才是講到我認為路西菲爾的存在，帶給奧爾巴很大的震撼吧。

在打倒路西菲爾後，奧爾巴表面上裝得若無其事和我們繼續旅行，並與艾伯特在北大陸打倒了亞多拉瑪雷克。之後我們擊敗南大陸的馬納果達，迫使東大陸的艾謝爾撤退，於魔王城展開最後的決戰。

在中央大陸魔王城的那場決戰中，奧爾巴假裝要去追逃亡的魔王撒旦與艾謝爾，讓艾米莉亞被捲入的「門」提早關閉，切斷我們和她的連繫。

艾米莉亞被捲入「門」後，不知情的我和艾伯特與奧爾巴討論了一下。直到現在，我依然非常後悔當時做的決定。

艾伯特主張應該立刻去追艾米莉亞。

不過我和奧爾巴主張即使要追過去，也得先等徹底掃蕩完魔王軍的殘黨，做好準備後再去尋找艾米莉亞。

即使魔王和艾謝爾聯手，艾米莉亞的力量依然凌駕在他們兩人之上。當時我們並沒有想到「門」的另一端，居然會是像這樣的異世界，如果我們慌張地追過去，可能會打擊到參加魔王城決戰的眾多騎士們的士氣，正因為相信艾米莉亞的力量，我們才會做出那樣的決定。

艾伯特最後還是被我和奧爾巴說服，與五大陸聯合騎士團一起進行掃蕩倖存的強悍惡魔的作戰。

……沒錯，當時無論我還是艾伯特，都打從心底信賴著奧爾巴。

我和奧爾巴平時分別是俗世的官僚與教會的高階聖職者，事實上彼此是政敵關係。但不只是戰鬥的時候，我們在旅程中也受到奧爾巴的智慧、力量與溫柔等數不盡的幫助。

所以在發現寄予全面信賴的他居然是背叛者時，我們受到的衝擊真的是筆墨難以形容。

掃蕩完惡魔的主力後，我們馬上就調頭前往離中央大陸聯合騎士團大本營最近的「天之梯」，試圖解析魔王與艾謝爾開的「門」的航跡，尋找艾米莉亞的行蹤。

然而……完全沒想到傳送地點居然會是異世界的我們，花費了漫長的時間才找到魔王與艾米莉亞的航跡。

因為主要是由奧爾巴在探索「門」的航跡，所以他交給我們的也有可能其實是假情報。

如艾米莉亞所知，他利用「找到艾米莉亞」這個藉口將我和艾伯特叫去聖．因古諾雷德後，就巧妙地將我們軟禁了起來。

關於奧爾巴帶著路西菲爾企圖抹殺艾米莉亞的理由，艾米莉亞應該已經聽過魔王的推測了吧。

以奧爾巴為始，教會、聯合騎士團，以及各王國的掌權者，都害怕勇者艾米莉亞為民眾帶來新的向心力。

我們的世界確實有出現這樣的動向，而這也成了克莉絲提亞．貝爾小姐被送到日本的間接

原因。

然而姑且不論世間的想法，奧爾巴本人是否真的重視這些事情，倒是頗為令人懷疑。

雖然教會現在也經常宣傳這點，但艾米莉亞當初啟程時，背負的頭銜可是「教會騎士」。

就算不用勉強廢除艾米莉亞的地位，看是要讓大神官奧爾巴擔任她的輔佐人，還是將她冊封為聖人，應該還是有其他方法能透過教會的力量來支持艾米莉亞的威望。

別看艾米莉亞這樣，她意外容易受到周遭的影響，只要跟她說這是為了人民，或許她還會自己主動配合，若是周圍那些人也就算了，奧爾巴本人會這麼警戒艾米莉亞的權勢增加，實在令人感到疑問。

實際上在先前的事件中，奧爾巴採取的方法也不是用報酬利誘艾米莉亞，而是拿父親的田地當要脅來逼迫她。

直接向本人確認這些疑問後，他像是覺得有趣般招了不少事情出來。

嗯，短短一個星期內，他就蒼老到像是變了一個人。甚至可以說是突然就白了頭……嗯，如妳所知，奧爾巴是剃度過的人。

不過現在我們徹底封印了他的法術，並派遣包含法術士在內的四十五名精銳輪班，全天候地監視著他，理所當然沒機會碰到任何刀具的他，在無法持續剃髮後，現在也稍微長了一些頭髮。

……再怎麼墮落好歹也是大神官～他意外地每天都會確實打理儀容～

嗯嗯！

當然～我們不會就這樣完全聽信他說的話～畢竟他招供的全都是些無法立刻詳細確認真偽的事情～所以我這次才會突然跑來～向曾經接觸過天界與天使們動向的艾米莉亞和魔王尋求建議～

「艾美，妳又恢復平常的語氣了。」

「咦……啊……因為內容嚴肅～所以我本來鼓起幹勁想要認真說明～不過這樣好累喔……唉～」

「這、這也變得太多了吧……？」

艾美拉達放鬆原本挺直的背脊，懶散地趴在桌上，讓梨香為她的劇變感到不敢恭維。

「然後呢，妳說奧爾巴的背叛根深柢固，和奧爾巴後來說的事情有關嗎？」

「妳說得沒錯～」

艾美拉達連頭也沒抬，就繼續說道。

「奧爾巴早在魔王軍開始侵略前～就掌握了天使與天界確實存在的證據～他的確信並非

源自聖職者的身分～～而是實際確認了天界的存在～～」

「實際確認？」

「換句話說～～就是他知道天界並非靈魂的歸處或死後前往的場所～～那種形而上的概念～～而是能夠實際前往～～現實存在的場所～～」

「……艾美。」

「嗯～～？」

「我的泡芙給妳吃，再稍微努力一下……」

「不過聖職者的身分唔嗯唔嗯，反而讓聖典與教義對他造成阻礙，當時的他喀滋喀滋，毫無研究或證明天界確實存在的手段唔嗯唔嗯。」

再也沒有比這更適合用復活來形容的現象了。

艾美拉達雙手各拿了一個惠美的泡芙，等交互吃完不同的泡芙後，她再度緩緩瞇起眼睛露出嚴肅的表情——

「艾美拉達，妳的臉頰上有奶油和砂糖。」

然而直到剛才都被艾美拉達的魄力震懾的梨香，開始拿出溼紙巾從旁邊擦拭艾美拉達帶著嚴肅表情的臉龐，姑且不論本人正不正經，大法術士的威嚴就這樣比泡芙還要脆弱、淡薄地溶解到艾美拉達的肚子裡。

我剛才說到奧爾巴確信天界實際存在吧。

讓他如此確信的原因，正是艾美莉亞持有的聖劍核心，「進化天銀」。

梨香小姐，謝謝妳。我順便喝口紅茶……呼。

如妳所知，奧爾巴在大法神教會中統籌外交．傳教部，從年輕時起就頻繁地到各個國家傳教。

因此他非常清楚自己信奉的神，並不是絕對獨一無二的存在。

若神是絕對獨一無二的存在，為何世界上會有這麼多不曉得神的人？為什麼會有人能在不曉得神的情況下，建立成熟的國家？

聖典說向那些信奉異教之神的人們宣揚神的教誨才是正道，那麼為何教會非要與那些成熟的國家反覆展開以血洗血，在歷史上應該被稱為「宣教戰爭」的戰爭呢？

奧爾巴在傳教的過程中，見過許多成熟的國家，他知道有些人打從根本就無法接受應該曉諭萬人的神之教誨。他似乎一直在煩惱用劍與血教化那些無法接受者的做法，究竟有什麼正當性。

然後，他發現某個巨大的矛盾。

教會的歷史，與「要愛你的鄰人」這句連小孩都知道的話之間，存在巨大的矛盾。

到底有哪個神曾經說過不願接受神之教悔者就是邪惡，或是可以殺害開導後仍執迷不悟的人。

在奧爾巴之前，歷史上有許多大神官恣意解釋「神的絕對性」，以神之名對應該愛的鄰人進行殺戮。

當時的神官們稱這為神的肅清，並表示只要透過神聖信徒的手淨化他們的靈魂，神就會讓他們從仇恨與痛苦中獲得救贖。

然而，奧爾巴曾經見過。

見過至今仍無法忘懷大法神教會在幾百年前靠歪理進行的殺戮與掠奪，將這些事蹟持續流傳後世，並將奧爾巴信奉的神視為邪神忌憚的一群人。

即使是現在這個能夠不靠鬥爭，靠言語化解仇恨的世界，奧爾巴講述神之教誨的聲音，依然無法打動他們的內心。

於是，奧爾巴感到矛盾。

也可以說，他開始懷疑神的存在。

仔細想想，聖典中的神打從一開始就不斷失敗。

真正按照神的意思進行的，就只有創造世界與生命而已。

在那之後，邪惡潛入樂園，人類輸給誘惑並屢屢背叛神，同樣由神創造的夥伴不斷於世界各地展開鬥爭，最後甚至出現了「神以外的神」。

可是，大法神教會說神是絕對的存在。

聖典說那絕對的存在不斷失敗，卻又要人將那當成絕對的存在來崇敬。

製造這巨大矛盾的，真的是神嗎？

除了人類以外，奧爾巴想不出還有哪個存在會引發這種矛盾。

奧爾巴就是在有了這樣的想法後，才決定要在大法神教會內出人頭地。

若教會內的所有行動都是來自於人類，那只要當成人的行為來思考並行動就好。

當然在這個時間點，他還沒有放棄身為聖職者的善良本性，不過真要說起來，他也絕對不能算是個虔誠的信徒。

大法神教會這個超巨大國家的領土並不存在於地表，而是深植於人心，所以奧爾巴可以說是個精通這國家的政治、經濟與法律，擅長掌握人心的謀略家。

這樣的他，有個在爬到大神官的地位後，才第一次接觸到的東西。

那就是「進化天銀」。

被認為是「天界透過天使賜予」，由聖・因古諾雷德保管的聖具。

傳說當世界未來被邪惡籠罩時，勇者將現身揮舞從進化天銀誕生出來的聖劍，透過實際接

觸到進化天銀，奧爾巴確信「天界」與「天使」是確實存在的。

換句話說，無論大法神教會、聖典，或甚至是進化天銀，都是由位於和人類相同次元、形而下的存在創造出來的。

當時，奧爾巴是這麼想的。

「我也有可能成為神。」

彷彿奧爾巴正以沙啞的聲音在面前說話般，惠美臉色蒼白地縮起身子。

「那種事，他是認真的嗎……」

「看來是這樣沒錯。其他國家或大神官之所以警戒艾米莉亞，確實是因為擔心會被艾米莉亞奪走戰後世界的權利。可是，奧爾巴警戒的……」

「是怕我……成為神……？透過進化天銀……『基礎』碎片的力量？」

「恐怕是如此。」

「他到底……在想什麼啊……」

惠美抱緊自己的身子壓抑顫抖，梨香靠到惠美身邊輕撫她的背。

「奧爾巴打從第一次接觸到進化天銀開始，就不斷在世界各地尋找其他類似的超常存在。神學院與大神官們在漫長的歷史中持續研究，最後得到的結論，就是進化天銀是不屬於這個世界的東西。然而，奧爾巴確信根本就沒有什麼『不屬於這個世界的東西』存在。因為進化天銀不正是以能夠觸摸的實體這樣的形式，呈現在眼前嗎？除了接觸進化天銀的機會以外，奧爾巴在研究所需的知識、權利與金錢方面也都不虞匱乏。他在成為大神官後，便不斷研究進化天銀。然而在他手邊，完全找不到其他能當成研究對象的聖具。奧爾巴焦急了。隨著他逐漸衰老，時間開始讓他察覺自己的壽命有限時……那件事發生了。」

惠美猛然抬頭。

「魔王軍的，入侵……」

「與此同時，世間也開始議論起預言中使用進化天銀的勇者。奧爾巴欣喜若狂。若預言的勇者出現，那個人想必是能讓進化天銀的研究更進一步的存在。他並未將預言當成預言看待。勇者的存在也是某個確實存在的事物計畫中的一部分。他對此深信不疑。然後，預言的勇者現身了。繼承了天界之血的勇者，艾米莉亞．尤斯提納。」

「……」

「惠美……妳沒事吧？」

「嗯、嗯……抱歉，梨香，可以在旁邊陪我一下嗎？」

「嗯，放心，我會陪妳一起聽。」

惠美稍微靠到梨香身上，但仍催促艾美拉達繼續說下去。

「據說要找出艾米莉亞並不困難。因為教會代代繼承了『當世界遭黑暗威脅時要對進化天銀進行的儀式』。而儀式本身也非常簡單，就是讓符合資格的人——在這個狀況下是教會的高階聖職者，對進化天銀注入適當強度的聖法氣。這麼一來，天銀就會發出指引勇者所在地的光芒。」

惠美曾經多次見過那道引導之光。其中甚至有幾次是基於自己的意志發出來的。

引導之光，單純只是「基礎」碎片彼此吸引的光芒。

而那在教會被當成動聽的傳說流傳。

那麼到底是誰告訴教會這些事情的？這個傳說的源頭是來自於誰？這種事不用想也知道。

「萊拉……」

一切都是母親設計好的。

這場圍繞「基礎」碎片，將兩個世界牽扯進來的巨大鬧劇。

「教會發現艾米莉亞後，就將其帶回大本營的聖·因古諾雷德。這時候的奧爾巴，腦袋裡還只想著觀察艾米莉亞和進化天銀的狀況，以用在後續的研究上。奧爾巴的想法是在艾米莉亞，在妳接觸進化天銀的瞬間，才產生決定性的改變。」

「……那是什麼意思……？」

「請妳回想一下。預言中的勇者，是『聖劍的勇者』喔。」

「……咦？」

「然而被當成預言的勇者帶來的少女，除了聖劍之外，還展現出另一樣聖具。」

這句話，讓惠美倒抽了一口氣。

因為她發現從艾美拉達的話裡導出的事實，是與自己存在的根本有關的問題。

「破邪……之衣…………唔！」

「惠、惠美？振作，振作一點啊。」

惠美更加用力地抱緊自己，由於她的動作實在太激烈，梨香也跟著抱住惠美的身體，試圖讓她冷靜下來。

「要不要稍微休息一下？就連前陣子還什麼都不知道的我，聽了都覺得事情非同小可。一口氣聽見這麼多事，腦袋應該也會很累。所以……」

「不用……我沒事，我沒事的……我必須全部聽完才行，拜託妳，繼續說下去吧。」

「……好的。」

儘管擔心好友的狀況，艾美拉達依然決定回應惠美的堅強，將一切交代清楚。

「和其他為聖劍勇者確實存在感到高興、擅自將破邪之衣誤解為聖劍附屬物的大神官們不同，奧爾巴在為破邪之衣感到驚訝的同時，依然冷靜地進行分析。他強烈渴求的東西，突然出現在眼前。對奧爾巴而言，聖劍和破邪之衣都同樣是進化天銀的樣本。他認為引導之光，是用來讓進化天銀與破邪之衣會合的東西。」

在那之後，奧爾巴毛遂自薦地擔任惠美的監護人，在惠美實際展開討伐魔王軍的旅程時，他也活用傳教外交部的經歷，出面擔任她的輔佐人。

「奧爾巴在見到兩樣聖具後，確信天使與天界的存在。然後在發生聖・埃雷帝都解放戰的那天，他又遇見了能夠活生生證明天使確實存在的人物，惡魔大元帥路西菲爾。」

「居然……有這種事……」

「於是奧爾巴正式決定走上成為有形之神的道路，他假裝對在與艾米莉亞的戰鬥中陷入瀕死狀態的路西菲爾給予最後一擊，將其藏匿起來。魔王軍的入侵，意外證明了奧爾巴長年的推論是正確的。然而對奧爾巴而言遺憾的是，路西菲爾對進化天銀與艾米莉亞的聖劍根本是一無所知。」

惠美過去也曾經對這點感到在意。

路西菲爾……漆原完全不知道任何和惠美的聖劍本質有關的事情。

漆原似乎是和沙利葉與加百列同等級，或甚至更加古老的天使，那麼為何他會對「基礎」

碎片一無所知呢？

「即使如此，對奧爾巴來說，路西菲爾依然是通往神的道路的重要棋子。他一面保護路西菲爾，一面協助艾米莉亞旅行，就在我們終於要進攻魔王城時，奧爾巴再度看見了引導之光。那是……」

「聖劍……和魔王持有的阿拉斯．拉瑪斯核心互相吸引的光芒……」

「奧爾巴這次似乎產生了危機感。雖然新的樣本就在附近，但萬一那個東西又落入打倒魔王的艾米莉亞手中，艾米莉亞無疑會獲得新的力量……這樣自稱神或天使的存在，或許會來回收這些東西也不一定。」

在勇者為了人類世界使用力量時倒還無所謂。不過，一旦惡魔們被打倒，人們再也不需要勇者的力量時，這股力量很可能會成為讓世界再度陷入混亂的契機。

將聖劍和破邪之衣送到下界的存在，會樂見這種事嗎？那個存在，會樂見愈來愈多的人接近這股力量的祕密嗎？

奧爾巴好不容易開始發現通往天界的道路，當然希望盡量排除所有會阻礙這條路的可能性，對他而言，魔王與艾謝爾的逃亡只能說是幸運。

雖然阿拉斯．拉瑪斯的核心實際上是被留在魔王城，但奧爾巴認為只要將擁有某個和聖劍互相吸引之物的魔王，與持有聖劍的艾米莉亞同時從世人面前消失，就能爭取到更多的時間來

進行研究。

奧爾巴假裝追逐魔王，在艾米莉亞進入「門」的同時，封鎖了原本距離關閉時間還有一段餘裕的「門」。

他成功瞞過了艾美拉達、艾伯特，以及五大陸聯合騎士團上層的耳目。

然而這時候，奧爾巴也沒想到他們居然會漂流到異世界，因此後來花了很長的時間才找到艾米莉亞。

「後續的事情……就和艾米莉亞知道的一樣。奧爾巴和路西菲爾一起在日本鬧事，企圖為了自己的慾望埋葬魔王與勇者。不過在奧爾巴的眾多誤算中影響最大的……還是魔王與艾米莉亞在日本意外地接近，而且彼此相處融洽這件事。」

「……事到如今，這句話聽起來還真刺耳呢。」

即使臉色依舊蒼白，惠美還是恢復到能夠稍微露出諷刺笑容的程度。

「在最後的最後，奧爾巴抹殺艾米莉亞的計畫失敗，並失去了對路西菲爾的掌控，無法回到安特．伊蘇拉的他，理應無法再延續追求神的道路……」

「……結果是沙利葉、加百列，還是拉貴爾？」

惠美先一步向艾美拉達問道，後者苦笑地回答：

「一開始好像是沙利葉。在日本被逮捕的奧爾巴，獲得沙利葉的幫助，之後他似乎就在天界的監視下，輔佐他們收集『基礎』的碎片。也可以說，他在遇見路西菲爾以外的天使後，又稍微改變了想法。」

以沙利葉為首的天使，擁有不只是魔王撒旦，甚至遠遠凌駕勇者艾米莉亞的強大力量。

現實存在的天使們擁有強韌的肉體、做為生命體的神祕性、人類幾乎無法抵達的聖法氣容量，以及壓倒性的智慧，奧爾巴對他們抱持著強烈的敬畏。

獲得如此偉大的生命體認同後產生的自負也是原因之一，他在不知不覺間成為天使們的傀儡，開始為了成為他們的一員展開行動。

他並沒有因此放棄通往神的道路，不過在笹塚的那場戰鬥後，奧爾巴希望成為的已經不再是絕對的神，而是獲得和沙利葉與加百列一樣強大的力量，成為安特．伊蘇拉人民形而上的信仰象徵——「天使」。

然而，隨著大規模的計謀失敗，以及為真奧、惠美、鈴乃等人的力量所敗，奧爾巴追求神這個目標的意志已然粉碎，甚至就連生命力也隨著野心的光輝一同消逝，變得像個廢人一般。

「這樣聽下來，感覺會變成這樣也是理所當然，雖然怎麼看都是個無可救藥的傢伙……但那個叫奧爾巴的人，最後會怎麼樣啊？被你們那邊的法律判死刑嗎？」

艾美拉達一臉困惑地搖頭，回答梨香的問題：

「嗯……首先面臨的問題是，究竟該適用哪個國家的法律，真要說起來，一般的法律是否

真的有辦法評斷他的罪狀也頗有疑義……此外無論再怎麼墮落，他畢竟是『大神官』與『勇者的夥伴』之一，假設即使對他處以極刑，也會對世間帶來過大的影響。」

從艾美拉達眉間的皺紋有多深，就能看出她有多麼煩惱。

「我想暫時應該是不會有結論。坦白講，我們也沒想到奧爾巴會這麼快就招出一堆事情。看來魔王介入艾夫薩汗的事情、計畫失敗，以及天使們的敗北對他造成不小的打擊，真要說起來，天使們讓艾米莉亞和艾謝爾在艾夫薩汗戰鬥的目的，至今也仍未明朗……艾米莉亞，妳還好吧？」

艾美拉達輕輕舒了口氣，看向惠美的臉。

「雖然意外地不太好……但託妳的福，我也知道了一些事情。之前千穗也曾經提過。」

「佐佐木小姐？」

「嗯。還有，最近爸爸也跟我說過。」

惠美無意識地握住梨香支撐自己的手，開口說道：

「『進化聖劍・單翼（better half）』恐怕從一開始……從我出生時起，就已經在我這裡了。我想教會保管的『進化天銀』應該不是聖劍，而是破邪之衣的核心。按照萊拉的說法，她似乎將自己的目的所需的『關鍵』，託付給了爸爸和我。爸爸一直都和艾契斯・阿拉在一起。和另一把聖劍的化身，艾契斯在一起……梨香，不好意思。」

惠美說完後，對梨香使了一個眼神，她放開後者的手起身，往後退了一步。

「仔細想想，自從和這孩子融合的那天開始，破邪之衣也一樣『進化』了。」

惠美稍微集中意識。

「哇！」

梨香忍不住對發生在惠美身上的現象驚呼出聲。

隨著一陣眩目的光芒，惠美懷裡出現一名小女孩。

梨香緊盯著那名正安穩地沉睡、擁有奇妙髮色的小女孩。

「阿拉斯．拉瑪斯妹妹？」

雖然這是梨香第一次在這麼近的距離看見阿拉斯．拉瑪斯，但真正讓她震驚的，當然是突然有人憑空出現這項事實。

與此同時——

「……呃，惠、惠美？妳的樣子……？」

惠美身上發生的變化，讓梨香嚇得徹底跌坐在地。

「這就是……勇者，艾米莉亞……」

梨香愣愣地仰望朋友的身影。

絲綢般的銀髮與足以貫穿魔物的紅色眼眸。

套在便服的連身裙上、覆蓋惠美全身的全套鎧甲，散發出似銀又似七彩的奇妙光澤。

「艾米莉亞，妳左手上的盾牌……」

知道勇者艾米莉亞過去姿態的艾美拉達，在看見出現在破邪之衣左手上的裝備後問道。

「以前沒有盾牌。這是和這孩子融合後才出現的，破邪之衣的進化型態。」

艾米莉亞看向正逐漸從午睡中清醒的阿拉斯．拉瑪斯與左手上的圓盾，稍微垂下視線。

「聖劍能隨聖法氣的總量改變形狀。破邪之衣在和『基礎』碎片接觸後，從天銀變成衣服，並因為與阿拉斯．拉瑪斯接觸，產生了盾牌。另外，阿拉斯．拉瑪斯和艾契斯．阿拉……這些孩子……會持續成長。」

此時，艾米莉亞倏地放鬆身體的力氣，破邪之衣就這樣在梨香面前化為光點，回到艾米莉亞的身體裡面。

隨著頭髮和眼睛的顏色恢復成遊佐惠美平常的樣子，總算擺脫開頭衝擊的梨香，張著嘴巴愣愣地看著惠美彎腰抱起阿拉斯．拉瑪斯。

「雖然契機各自不同，但『基礎』的碎片們會成長與進化。若這就是萊拉的目的……當所有碎片聚在一起時，究竟會發生什麼事情？」

艾美拉達與梨香，都不曉得這個問題的答案。

「我不知道萊拉有什麼目的，也不知道加百列和天界集合這些孩子們想幹什麼。不過……

唯獨讓這孩子不幸的結局，我絕對不允許。」
惠美堅定地說完後，再度看向艾美拉達。
「艾美，謝謝妳今天特地過來。這樣我就清楚自己為了下一個目的前進的理由了。」
「這是什麼意思？」
「我接下來還是一樣要找出萊拉。不過，這次不是為了知道她想做什麼，而是為了讓阿拉斯・拉瑪斯的將來能夠幸福。聖劍也好，破邪之衣也好，都是我重要的夥伴。我不會讓萊拉任意妄為。」
「哎呀……像這樣實際親眼見識過後，真的很誇張呢……」
梨香總算從惠美變身的衝擊恢復，將手按在地板上起身。
「妳會覺得……不舒服嗎？」
惠美不安地向梨香問道。
梨香臉上維持驚愕的表情用力搖頭。
「呃，我只是嚇了一跳而已。沒想到我的朋友，真的是個這麼厲害的人。」
然後，梨香維持坐姿搖搖晃晃地湊到惠美身邊，看向或許是快醒來了、正在惠美懷裡扭動身子的阿拉斯・拉瑪斯的臉。
「哎呀，近距離一看……嗯，果然只能用像天使般可愛來形容。雖然艾契斯長得也很漂

亮，但小孩子這點有另外加分，在許多方面都不一樣呢。」

梨香反覆看著阿拉斯・拉瑪斯的睡臉，接著稍微抬起視線凝視惠美的臉。

艾美拉達沉默不語，只是靜靜看著梨香的樣子。

「不曉得是不是心理作用，感覺你們長得滿像的。例如眼睛跟嘴巴。」

「是、是嗎？雖然沒什麼道理，不過……現在能被梨香這麼說，感覺有點開心呢……」

惠美有些害臊地羞紅了臉，看向阿拉斯・拉瑪斯的臉龐。

「嗯，不過總覺得額頭和眉毛的地方和真奧先生有點像……啊，這部分妳好像還無法接受？」

雖然梨香並非全然在開玩笑，而是坦白地陳述感想，但原本臉紅的惠美立刻臉色一變，吐出瘴氣般的氣息開始威嚇梨香。

「雖然我很感謝他前陣子做的那些事情，但與其說是無法接受，不如說我根本就還沒原諒他……所以總覺得心情很複雜。」

對阿拉斯・拉瑪斯而言，真奧是無可取代的父親。惠美也沒幼稚到一直否定這點。

然而，雖說順利與諾爾德重逢，真奧無疑仍是搗亂惠美人生的主因之一。

即使在他背後隱約能看見萊拉的影子，只要真奧仍自稱是惡魔之王，惠美認為他應該為過去的殘暴行為負責這點依舊沒有改變。

話雖如此，惠美也自覺到光靠自己一個人，根本無法取真奧性命。

不只如此，從她在夢裡追尋真奧打造的那個溫暖餐桌來看，惠美在不知不覺間，似乎已經相當信賴真奧。

面對這樣的對象，自己是否還有必要繼續找理由恨他呢，惠美甚至想過即使他真的有罪，或許也沒必要非得由自己來制裁他。

「總之，就是很複雜。」

惠美像是在講給自己聽般，又說了一次。

「早安，阿拉斯．拉瑪斯，妳醒啦？」

「唔嗯……腳安……呼啊。」

阿拉斯．拉瑪斯揉著睡眼惺忪的眼睛打了個大大的呵欠，然後以迷茫的眼神四處張望。

「！」

一發現梨香，她便猛然抬起頭。

「呀？怎、怎麼了？」

阿拉斯．拉瑪斯以敏捷的動作，快速從惠美懷裡躲到惠美背後。

「哎、哎呀？我嚇到她了嗎？」

「啊，我知道了。阿拉斯．拉瑪斯和梨香是第一次見面吧？」

「嗚嗚……」

躲在「媽媽」背後的阿拉斯．拉瑪斯，戰戰兢兢地偷看梨香。

「妳、妳好啊！」

或許是不習慣和小孩子相處，梨香試著擠出有點僵硬的笑容，對表情像是看見什麼可怕事物的阿拉斯．拉瑪斯揮手。

然而似乎被那個笑容嚇到的阿拉斯．拉瑪斯，迅速將臉縮到惠美背後。

「喂，阿拉斯．拉瑪斯，要好好跟人家打招呼喔？妳要回答『妳好』啊？」

「……嗚。」

在惠美的勸導下，阿拉斯．拉瑪斯戰戰兢兢地抬頭，但剛睡醒就看見陌生人的衝擊似乎仍未平息，她看起來仍是一副害怕的樣子。

就在下個瞬間——

「阿拉斯．拉瑪斯妹妹～平常很怕生嗎～～？」

「呀！」

聽見背後突然傳來聲音，讓阿拉斯．拉瑪斯整個人跳了起來。

「阿、阿、阿拉斯．拉瑪斯？」

「喔，啊，哇？」

阿拉斯．拉瑪斯脫兔般的逃離惠美背後，這次換躲到梨香的背後。

「哎、哎呀？」

梨香尷尬地回頭看向從背後抓著襯衫，躲到自己背後的嬌小存在。

「……姊姊……這裡？」

「嗯？嗯嗯？」

感覺阿拉斯．拉瑪斯似乎說了什麼的梨香，彎下腰將耳朵湊過去。

接著梨香不曉得聽見了什麼，臉上浮現出困擾的苦笑，看向艾美拉達。

「她說艾美姊姊為什麼在這裡？」

「啊。」

「咦～～」

惠美聽見後，也以和梨香相同的表情轉頭看向艾美拉達，恢復平常語氣的艾美拉達，不滿地嘟起嘴巴。

「這麼說來，阿拉斯．拉瑪斯好像不太擅長應付艾美呢。」

「怎麼這樣～～有嚴重到讓她不惜躲到初次見面的梨香小姐後面嗎～～？」

「因為妳之前講話太大聲嚇到她。」

「可是～～看見這麼可愛的孩子～～當然會想大叫啊～～」

艾美拉達不滿地說道，梨香等那隻嬌小的手冷靜下來後，才戰戰兢兢地和她對上視線。

「妳好啊？」

「…………好。」

阿拉斯．拉瑪斯直到這時候，才發現自己正黏著一個不認識的人。

然而因為惠美什麼也沒說，所以她也戒慎恐懼地輕聲回應。

「初次見面，阿拉斯．拉瑪斯妹妹。」

「……見面。」

「我是惠美……呃，媽媽的朋友，鈴木梨香。」

「泥木……？」

「阿拉斯．拉瑪斯，要好好和梨香姊姊打招呼喔？」

「嗚，啊，梨、梨姊姊，初次見面，妳好。」

或許是因為緊張，阿拉斯．拉瑪斯的聲音既小聲又沒什麼精神，但她還是努力向梨香打招呼。

「嗯，初次見面。惠美，這是什麼可愛的生物！」

梨香的嘴巴不禁立刻展現出微笑。

「難怪大家都這麼疼她。她的手好小喔！」

「啊嗚。」

梨香輕輕握住阿拉斯．拉瑪斯的手，儘管露出向惠美求救的表情，阿拉斯．拉瑪斯依然任由梨香擺布。

「惠美無論之前還是之後，感覺都會很辛苦呢。」

梨香溫柔地握著阿拉斯．拉瑪斯的雙手，看著阿拉斯．拉瑪斯對惠美說道。

「之後要是想找人傾訴，就叫我一聲吧。無論有沒有發生什麼特別的事都沒關係。我會繼續去找新的美味餐廳。」

「……梨香。」

「梨香小姐……」

「機會難得，到時候也找阿拉斯．拉瑪斯妹妹一起去如何？阿拉斯．拉瑪斯妹妹，妳喜歡吃什麼啊？」

「玉米濃湯和咖哩。」

「喔喔，不錯嘛，很像小孩子會喜歡吃的東西。」

「還有，小千姊姊的炸雞塊。」

「小千？啊，該不會是指千穗吧？她會做符合小孩子口味的料理嗎？真了不起。可是，有好吃的炸雞塊、玉米濃湯和咖哩的餐廳啊。雖然我有想到幾間西餐廳，不過如果要全部都很好

吃就有點難度。話說回來，妳明明還這麼小，有辦法吃那麼多東西嗎？」

梨香之後便沒再對惠美多說什麼。

然而，對惠美來說，這樣就夠了。無論惠美是遊佐惠美，還是艾米莉亞·尤斯提納，梨香都願意和以前一樣跟她一起去吃飯。

不只如此，梨香還說願意和惠美聊各式各樣的話題。好友話都說到這分上了，惠美還能再有什麼要求呢。

「艾米莉亞，妳真的交到很棒的朋友呢。」

艾美拉達低聲說道。惠美微微紅著眼眶輕輕點頭。

「啊，雖然吃飯也很重要，不過妳的工作要怎麼辦？妳暫時還會待在日本吧？關於錢的部分……唉，以惠美的生活習慣，就算沒了工作應該也還會有存款，但這棟公寓的租金也不便宜吧？」

惠美非常喜歡梨香這種馬上會談到現實話題的個性。

「聽了包準妳嚇一跳，這房間的租金，每個月只要五萬圓。」

「咦？」

一聽見這個價格，梨香反倒皺起眉頭。

「妳、妳不覺得這樣很奇怪嗎？從附近的車站、地理位置和房間的寬敞度來看，我本來以為至少要十萬以上……」

以前和鈴乃提起這件事時，她也被這便宜的租金嚇了一跳。但不愧是梨香，好友非常清楚這價格具體上有多不尋常。

「嗯，坦白講……這房間以前曾經發生過意外。」

「咦？真的假的？」

相較於驚訝的梨香，惠美若無其事地揮揮手說道：

「可是，要不是這房間有瑕疵，我一定無法在docodemo工作，甚至就連能否在日本好好生活都不確定。」

「咦？」

「我在這房間累積了許多回憶。雖然我遲早會和爸爸一起生活，但搬家也需要錢，所以應該過陣子才會搬離這裡。」

梨香將視線移向或許會知道些什麼的艾美拉達，但後者像是一無所知般輕輕搖頭。

「唉，總之房租意外地不會構成問題。雖然目前手頭有點緊，但我對新的打工已經有頭緒了。昨天通過電話後，我發現對方那裡似乎也很缺人手，所以立刻就排好面試的日期了。再來只要重新拍張履歷表用的照片就行了。」

「喔！這樣啊，不愧是勇者。該行動的時候還是會好好行動呢！」

惠美光明的展望，讓梨香露出笑容。

「不過，妳為什麼會手頭緊啊？」

身為同事的梨香，大致上能掌握惠美的收入狀況，考慮到惠美的生活態度和房租，她似乎難以想像惠美會缺錢。

「嗯，其實……」

惠美毫不隱瞞地將真奧向她請款和要求報酬的事情告訴梨香。

「唔哇……」

「欸～～」

不出所料，梨香和艾美拉達都皺起眉頭。

「就算是魔王，也不該在這個狀況下做出這種事吧？」

「總覺得有點遺憾呢～～那時候的魔王～～明明不像是會做這種事的人～～」

兩人同時作出嚴厲的評論，但惠美的苦笑，意外讓人感覺不到憤怒或失望。

「你們兩個也這麼認為對吧？我也有同感。這樣一點都不符合那傢伙（魔王）的作風。」

「「咦？」」

「他一定是以為我不會答應這麼亂來的要求。」

惠美起身，從電視旁的架子拿出一本雜誌。

「可是，我也有我的自尊，所以想靠自己的力量來償還自己欠的人情，此外……」

說著說著，惠美將雜誌翻到貼了便利貼的那頁，遞給梨香和艾美拉達。

「要是就這樣配合他的話術，我不就又要欠他人情了嗎？所以……」

「惠、惠美，這是……」

看見刊在貼了便利貼那頁上的廣告後，梨香驚訝地睜大眼睛。

事先就預料到梨香會有這種反應的惠美，自信滿滿地點頭回答好友的問題：

「我之所以應徵這裡的工作，完全是出於我自己的意志。」

# 魔王與勇者，拘泥於各自的立場

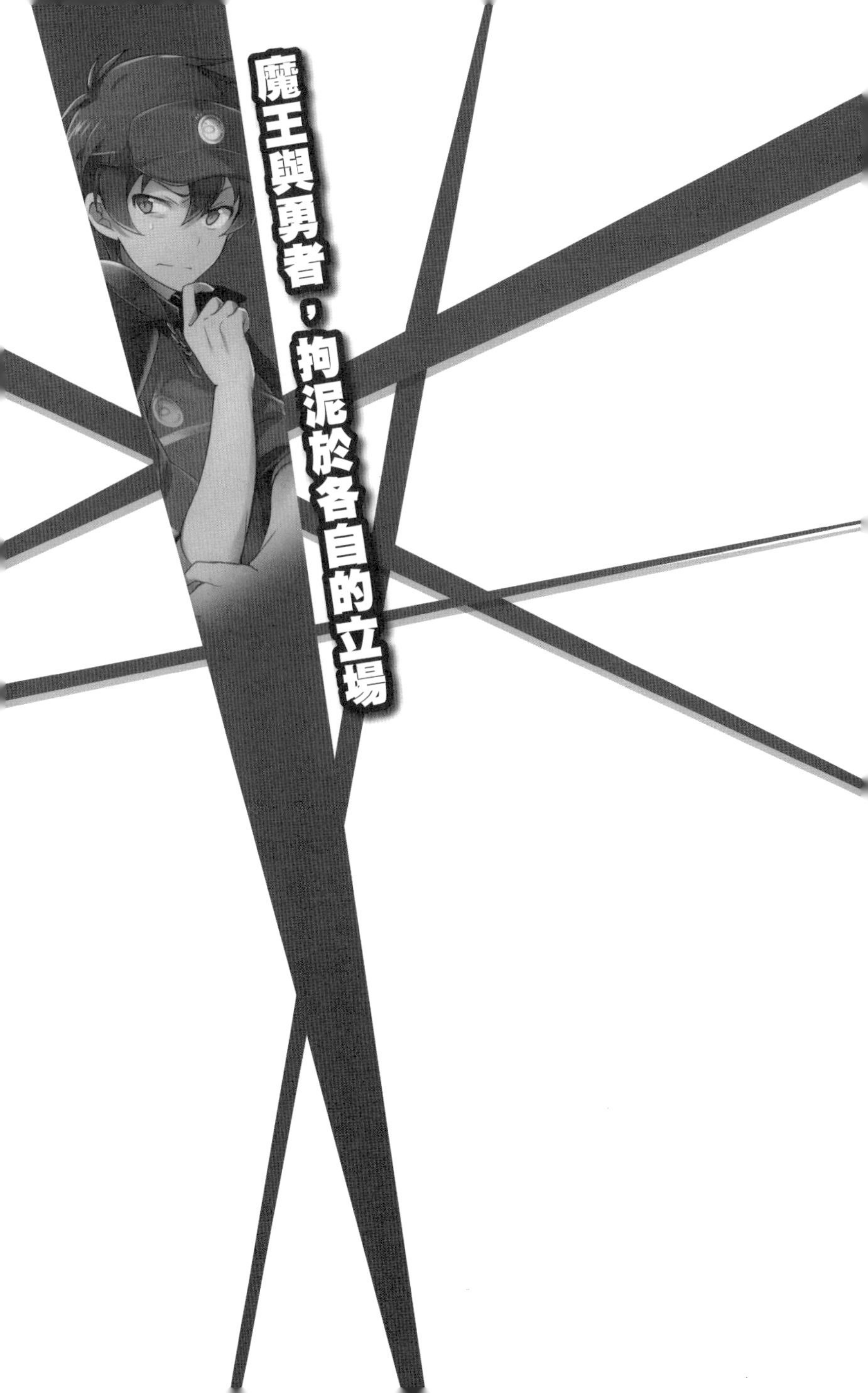

隔天早上，因為發現公寓外的馬路傳來引擎聲而走出房間的蘆屋，在公共走廊上發現外面停了一臺中型貨車。

貼了經常出現在電視廣告中的搬家公司標籤的貨櫃已經打開，搭貨車過來的搬家業者已經開始俐落地把行李搬下車。

鈴乃與諾爾德正在公寓前的庭院與搬家業者討論事情，但蘆屋的目的並非兩人。

站在兩人旁邊、彷彿鍍金的酒桶長出兩隻腳走路的人，正是Villa・Rosa笹塚的房東，志波美輝。

「那麼，諾爾德先生……這是一〇一號室的新鑰匙。如果有什麼問題，可以直接找樓上的真奧先生和蘆屋先生，或是到隔壁我住的地方……」

「我可不記得我們有答應過要承擔管理人的業務！」

蘆屋鼓起勇氣，從公共樓梯上對向諾爾德提供不負責任建議的房東喊道。

注意到這個聲音的鈴乃、諾爾德和志波抬頭看向蘆屋。

蘆屋還是一樣只要一和志波對上視線，背上就會竄起一陣寒顫，儘管連站都快要站不住，他仍然必須在今天把話講清楚。

「哎呀，蘆屋先生，你好。諾爾德先生從今天開始就要正式搬進一〇一號室，所以我正在向他進行說明呢！」

「這倒是無所謂，不過我們既不是這棟公寓的管理員，也不是住戶代表！要是每次發生麻煩都跑來找我們，會讓我們很困擾！」

儘管缺乏氣勢，蘆屋仍毅然地說道。

基本上從第二個搬來的鈴乃開始，志波就對他們說「有什麼事就找真奧和蘆屋」這種不負責任的話。

真奧和蘆屋剛來日本時，確實受到志波許多照顧，但依然沒理由就這樣讓志波把管理業務推給他們。

「請別這麼說。仲介業者都告訴我囉，至今只要一發生問題，真奧先生都會代表住戶統整意見，並完成各種事務手續……」

「說什麼統整意見，這裡不就只有住我們和克莉絲提亞．貝爾！」

蘆屋邊下樓梯邊持續抗議。

「這樣不是很好嗎！大家彼此又不是不認識，而且你們還是共有安特．伊蘇拉這個故鄉的夥伴吧？」

「誰和他們是夥伴！我們是惡魔，和人類無論出生還是其他方面都截然不同！」

「即使如此，你們還是住在同一間公寓的鄰居。應該沒必要說這麼壞心眼的話吧？」

志波如柳葉般輕鬆迴避蘆屋的抗議並勸導般的說完後，還像是要補上最後一擊般對他送了個秋波。

「唔咕！」

光是這樣，蘆屋就心跳大亂，差點失去意識。

「他、他沒事吧？」

「艾謝爾只要一見到房東就會變成這樣。」

諾爾德為蘆屋明顯不尋常的樣子感到震驚，鈴乃則神色自若地解說這早已是常態的狀況。

儘管按住胸口並直冒冷汗，蘆屋仍勉強調整呼吸，將手抵在額頭上搖了搖頭。

「哎呀，真堅強呢！」

「我、我不知道妳在……說什麼，總之先不管這件事。話說房東太太，妳差不多該告訴我們了吧？」

「告訴你們什麼？」

蘆屋激動地對從頭到尾都保持微笑的志波問道：

「漆原究竟在哪間醫院住院？」

蘆屋竭盡全力大喊，但志波的表情仍毫無變化。

「我說過，是我認識的醫院。如果你是在意醫療費，因為原因出在我和天爾身上，所以不用擔心……」

「我才不是在擔心這種事情！」

蘆屋打斷志波的話。

「筆記型電腦也不在房間裡！」

「筆記型電腦嗎？我想應該是沒發生過竊盜事件才對……」

「？」

「啊，原來如此。」

志波與諾爾德都一臉困惑，唯獨鈴乃理解似的點頭。

「如果是有人闖空門，那還算簡單！」

蘆屋以彷彿要滲出血的強勁力道緊緊握拳。

「妳該不會讓漆原把電腦帶到醫院去了吧？」

面對甚至要流出血淚的蘆屋的逼問，志波以優雅的動作，摸了一下形狀很難稱得上優雅的下巴，像是想起什麼似的說道：

「啊，這麼說來，他似乎曾說過『至少讓我把電腦一起帶走』之類的話，所以天爾就幫他把房間裡的筆記型電腦送過去了。」

「妳、妳說什麼！」

蘆屋露出彷彿看見世界崩壞似的絕望表情，他雙腳顫抖，像是要崩潰一般。

「等等，艾謝爾。日本的醫院一般都會禁止使用手機或會發出電波的機器。路西菲爾應該不可能連住院時都上網購物。」

因為蘆屋實在太令人同情，鈴乃從旁提供精神的援助。

「這、這樣啊……不愧是貝爾。的確是這樣沒錯。我居然一時失去冷靜……」

「漆原先生住的是特別病房，所以能使用手機或筆記型電腦，即使過了就寢時間，也能看電視喔。」

「妳說什麼啊啊啊啊啊啊啊啊啊啊啊啊啊啊啊啊啊啊啊啊啊啊啊啊啊！」

「喔喔？」

本來因為鈴乃的話暫時回到這個世界的蘆屋，馬上又因為志波做出的死亡宣告發出慘叫，讓諾爾德嚇得縮起身子。

「信用卡！必須停掉魔王大人的信用卡！貝爾！手機借我！拜託妳！好不容易跨越那個危機，這樣下去魔王軍在復興前就會瓦解！」

「冷靜點，艾謝爾！就算是你這個同居人，也沒辦法停掉以魔王名義辦的卡吧！」

「怎麼會這樣！魔、魔王大人才剛去上班……等、等等，這麼說來，漆原已經住院幾天了……喔喔喔喔喔喔喔喔喔喔喔喔？」

「雖然現在看起來是這樣，但他們平常可是很可靠的喔？」

「喔、喔……」

看著痛苦大喊的蘆屋與忙著安慰他的鈴乃，諾爾德當然無法完全相信志波的發言。

「對、對了，只要帶必要的文件去店裡，就不必等魔王大人回來……早一秒也好……必須盡快讓魔王大人的戶頭遠離漆原的魔掌……」

在那之後，蘆屋踏著宛如幽魂般搖搖晃晃的腳步走上樓梯，回到二〇一號室。

過不久，他馬上又以像是要撞破樓梯門般的氣勢衝了出來，就這樣跌也似的跑下樓梯，奔向外面的馬路。

「魔王大人啊啊啊啊啊啊啊！」

諾爾德和搬家業者，只能驚訝地看著蘆屋邊叫邊跑出去。

「蘆屋先生也過得很辛苦呢。」

志波事不關己似的嘆了口氣，說出這樣的感想，看在長期就近觀察真奧等人生活的鈴乃眼裡，蘆屋會有那樣的反應也是無可厚非。

「……那麼，房東太太。」

「什麼事？」

鈴乃等聽不見蘆屋的叫聲後，仰望志波龐大的身軀問道：

「關於下次『討論』的地點。」

「嗯。」

「那個，請問選在路西菲爾住院的醫院，是有什麼特別的意義嗎？」

即使面對鈴乃略顯尖銳的語氣，志波仍完全面不改色。

真奧等人從安特·伊蘇拉回來後，大家馬上就依照志波的提議，決定辦一場能夠聽志波與天禰說明的討論會。雖然日期和場所都已經訂好了，但關於這場「討論」，仍有幾個疑點。

首先就像鈴乃剛才說的，地點是設在漆原的病房。

基本上明明不曉得漆原住院的地點，卻還約在那裡討論，本身就是件奇怪的事情。

然而只要一提起這場「討論」的事情，千穗不知為何就會露出陰沉的表情。

鈴乃一開始原本也以為是錯覺，但仔細觀察後，便發現這果然不是自己誤會，千穗的眼神裡明顯參雜著不安。

既然千穗本人什麼也沒說，那想必是鈴乃他們前往安特·伊蘇拉時，千穗有先從天禰和志波那裡聽說了什麼。

因此鈴乃稍微試著向志波打探了一下。

「沒什麼特別的原因。只是不想替住院的漆原先生造成太大的負擔而已。」

「我是覺得讓那個廢物天使稍微承受一點負擔會比較好……」

果然志波並沒有天真到會因為這種簡單的試探就洩漏情報。鈴乃立刻放棄並聳了聳肩。就在這時候——

「喂！爸爸，鈴乃！嗯？那是蘆屋嗎？他這麼急是要去哪裡？」

外面的馬路上傳來呼喚兩人的聲音。

「喔……」

「哎呀，艾契斯。」

往聲音的方向一看，便能發現阿拉斯·拉瑪斯的「妹妹」，另一名「基礎」碎片的化身，同時也是另一把「進化聖劍·單翼（better half）」核心的艾契斯·阿拉，正朝著這裡揮手走過來。

「我發現行李送來，就過來拿了。」

「嗯，不好意思。志波小姐也是，艾契斯受妳照顧了。」

諾爾德對艾契斯的話點點頭，然後對志波低頭道謝。

「這完全不成問題。我家的空房間本來就很多，艾契斯也經常陪我聊天。」

真奧等人從安特·伊蘇拉回到日本後，艾契斯的立場就因為惠美與諾爾德的重逢變得懸而未決。

艾契斯原本是以諾爾德女兒的身分，用「翼」這個名字在日本生活，但既然諾爾德真正的

女兒出現，她就不得不顧慮惠美。

儘管就這樣趕走艾契斯未免也太不近人情，但若要讓性格過度率直的她獨自生活，也實在太令人感到不安。

雖說只要讓她和處於融合狀態的真奧一起生活就好，但這樣當然也會造成問題。

和阿拉斯．拉瑪斯不同，艾契斯的外表是已經成長的女性，若讓她待在真奧和蘆屋的房間，將會為男性們帶來許多不便。

考慮到漆原遲早會回來，即使只看人數，讓艾契斯住在魔王城也太不符合現實。

就算鈴乃自告奮勇要當艾契斯的監護人，由於鈴乃還有護衛諾爾德的工作在身，因此也實在無法再加重她的負擔。

因為無法達成共識，眾人甚至一時忘記艾契斯無法離開真奧一定距離以上，提議既然是阿拉斯．拉瑪斯的妹妹，不如就讓她住到惠美家，這時意外介入的，就是房東志波。

讓所有人驚訝的是──

「反正只是暫時措施，而且我自己也想和她一起生活看看。」

志波在這麼說完後，就半強制地將艾契斯帶回家了。

那已經是一個星期前的事了。

艾契斯在寄住兩天後，就徹底發揮不怕生的性格，毫不顧忌地稱志波為小美，過著舒適的生活。

「妳的行李我已經請貝爾小姐幫忙仔細打包好了，妳姑且確認一下吧。」

諾爾德帶領艾契斯走進一〇一號室。

雖然之前沒有任何人預料到諾爾德會在日本，但他和艾契斯的舊家，也同樣位於令人意外的場所。他們住的是和Villa・Rosa笹塚相差無幾的套房公寓，除了家具、家電和衣物以外，幾乎沒有其他東西，所以打包起來也不怎麼費工夫。

艾契斯因為和真奧融合而無法跟去舊家，因此她的個人物品全都由鈴乃幫忙整理……

「嗯?怎麼了嗎?」

鈴乃發現抱著紙箱出來的艾契斯正皺著眉頭，於是出聲問道。

「那個，真奧，今天也有工作嗎?」

艾契斯困擾地抬頭看向二樓。

「嗯，應該是這樣沒錯。有少什麼東西嗎?」

該不會是搬家的行李中，少放了什麼東西吧?

艾契斯再度看了不算大的紙箱一眼後，愧疚地合掌向鈴乃說道：

「嗯。對不起。我應該事先跟妳說一聲的。鈴乃，爸爸，不好意思，可以拜託你們去幫我拿嗎?」

諾爾德和艾契斯的舊家，位於和真奧處於融合狀態的艾契斯無法獨自前往的距離。

「呃，我才不好意思。看來是我漏掉了。是什麼樣的東西？只要直接告訴我……」

「要是又搞錯就麻煩了，還是讓艾契斯自己去怎麼樣？」

「呃，房東太太。其實艾契斯和魔王……」

鈴乃正打算說兩人無法離開一定距離以上時，志波輕輕搖頭。

「阿拉斯・拉瑪斯因為還是小孩子，所以才會回到融合對象身體裡。現在的艾契斯沒有任何宿木，所以應該沒問題才對。」

「宿木？那是什麼？」

鈴乃對初次聽見的詞彙感到困惑。

「就算有我也能夠……哎呀。」

志波像是發現了什麼般抬起頭。

艾契斯和鈴乃跟著看過去後，便發現抱著阿拉斯・拉瑪斯的惠美，與一名戴著貝雷帽的嬌小女性正一起看向這裡。

「艾米莉亞和……艾美拉達小姐？」

鈴乃被站在惠美身旁的人物嚇了一跳後，笑著跑了過去。

「大家好～～好久不見了～～」

艾美拉達摘下貝雷帽，向在場的人們打招呼。

「嚇我一跳。妳什麼時候來日本的？」

「從昨天開始～我還厚著臉皮在艾米莉亞家住了一晚～」

「這樣啊。不過你們兩位這麼早來這裡，是有什麼事嗎？」

「我傍晚在這附近有事。不過真是剛好，我們就是為了見志波小姐，才提早過來的。」

惠美向志波打完招呼後，就和艾美拉達一起站到志波面前。

「妳好，志波小姐。我今天來，是有事情想拜託妳。」

「特地找我，有什麼事嗎？這位小姐，也是從安特．伊蘇拉來的客人吧？雖然我們好像不是初次見面。」

志波按住洋裝避免反射光芒，看向艾美拉達。

承受志波視線的艾美拉達，將貝雷帽放到胸口深深低下頭。

「我叫艾美拉達．愛德華。如妳所見，是從安特．伊蘇拉來的。在前陣子那場於我們世界發生的騷動中，我曾經遠遠見過妳一面。」

艾美拉達說完後抬起頭，她稍微瞇起眼睛，以完全感覺不到平常那股鬆散氣氛的堅毅眼神，和志波對望。

「看來是位擁有強大力量的人呢。和鎌月小姐一樣……不，還在她之上。」

志波似乎從艾美拉達的視線中感覺到了什麼，稍微壓低說話的音調。
「那麼，妳說有事情想拜託我？」
「關於預定將在三天後舉辦的『討論』，希望妳也能讓我同席。」
「唔嗯……」
惠美懷裡的阿拉斯．拉瑪斯扭動身子，艾美拉達也因此看向阿拉斯．拉瑪斯。
「我聽艾米莉亞說了。志波小姐似乎將說明關於『構成世界』……在安特．伊蘇拉只被當成聖典傳說的質點與生命之樹的事情。請務必讓我參加那場討論。」
「我可以先確認一件事嗎？妳為什麼會想參加？」
志波的語氣中，帶著警戒的色彩。
然而艾美拉達毫不猶豫地回答志波的問題。
「為了一起背負。」
在無法理解這句話意圖的志波催促下，艾美拉達依序看向阿拉斯．拉瑪斯、惠美與鈴乃，然後再度面向志波說道：
「唯有和艾米莉亞與貝爾小姐得知相同的事實，我才能從一開始就與她們一起承擔我們的世界注定應該背負的重量。」
艾美拉達再度看向阿拉斯．拉瑪斯。

「安特．伊蘇拉過去，曾經將應該由全世界背負的重擔交給艾米莉亞一個人承擔，並在這樣的情況下捨棄她。我絕對不允許這種事再度發生。我今天來這裡，是希望這次能夠支持為了得知真相，開始踏出腳步的她。別看我這樣，在安特．伊蘇拉也算是位極人臣。若艾米莉亞得知的事實應該由全世界一起背負，我的地位也允許我將這件事公諸於世。我所居的立場，能夠讓許多人一起思考這項事實。所以……」

艾美拉達以從平常的她身上完全無法想像、充滿熱情的聲音激動地說道，志波邊點頭，邊仔細地聽她傾訴。

「我知道妳的想法了。」

不知不覺間，志波已經放鬆警戒滿意地點頭。

「遊佐小姐和鎌月小姐原本就是那一側世界（安特．伊蘇拉）的人。就算多妳一個人，也不會有什麼問題。我已經很清楚妳不是那種會濫用我提供的資訊的人。如果時間允許，就和遊佐小姐一起來吧。」

「……感激不盡。」

艾美拉達再度朝志波深深行了一禮。

「雖然聽不太懂，不過總之事情順利收場？」

即使知道兩人的談話結束，仍完全不去思考對話內容的艾契斯，在絕妙的時機少根筋地插嘴，讓在場的所有人都忍不住笑了起來。
「今天的客人感覺真多呢。」
「啊，早安，爸爸。」
「早安，艾米莉亞。這位是？」
諾爾德看著艾美拉達向惠美問道。
「啊，我還沒跟爸爸介紹過嗎？」
「因為之前令尊還沒恢復意識～」
一解除緊張，艾美拉達就恢復平常的語氣，然後再度向諾爾德打了聲招呼。

惠美重新環視Villa・Rosa笹塚一〇一號室的房間內。
雖然這裡的基本格局理所當然地和二〇一號室相同，不過一旦窗外的景色不同，房間給人的印象也會大幅改變。
搬家的行李原本就不多，因此已經大致拆封完畢，所有的居家用品都和房間非常契合，彷彿早已在這個房間裡生活了好幾天。
「貝爾，爸爸的事情真的給妳添了不少麻煩。這些事情明明應該由我來做。」

惠美重新向鈴乃低頭行了一禮，鈴乃像是在說這沒什麼大不了般的搖頭。

「我的行動本來就比較自由。所以妳不用太在意。」

「星象儀？」

惠美與鈴乃因為諾爾德的聲音抬起頭。

「啊，這麼說來，的確是有買過那樣的東西。到底是收到哪兒去了呢。」

「嗯，我把它當成寶物，所以藏在房間裡不容易被發現的地方。大概是因為這樣，所以爸爸和鈴乃才沒有發現。」

艾契斯愧疚地說道。

「不過星象儀這種東西，有辦法藏起來嗎？我記得那種東西都很大吧？」

惠美用手在空中比劃出形狀，艾美拉達困惑地問：

「星象儀是什麼～～？」

「看星星的道具……不，好像有點不太一樣。到底該怎麼說才好。」

「看星星～～？是類似望遠鏡的東西嗎～～？」

「不對。並不是直接看星星……這個……到底該怎麼說才好。」

正當惠美困擾著該如何說明「星象儀」時，鈴乃從旁伸出援手。

「講天象儀應該就知道了吧？我想艾美拉達小姐應該也有使用過。」

「喔～原來如此～是顯示星星運行軌跡的道具吧～？」

鈴乃的話讓艾美拉達恍然大悟，反倒是惠美一臉納悶。

「我怎麼覺得那句話反而比較難理解。」

鈴乃無視惠美的吐槽，繼續說明。

「雖然用途和意義都與天象儀一樣，不過在日本的日常會話中，『星象儀』通常是指透過光學儀器，將模擬的星空投影到室內的牆壁或屋頂上，藉此享受鑑賞過程的裝置。」

「感、感覺愈變愈複雜了……」

「只要想像在半球型的圓頂房間中心，有個內含強烈光源的黑色球體就很好了解。只要讓圓頂房間內維持一片漆黑，在黑色球體上打洞讓裡面的光照出來，就能在圓頂房間的天花板上投影出比照星星的光點。」

「原來如此～真是有趣～不過～那是小到會讓人看漏的東西嗎～這樣聽起來～感覺應該很大才對～」

「沒這回事！那個很薄喔！」

「很薄？」

「啊，我想起來了，是將數個不同種類的零件組合起來的類型吧。」

總算回想起來的諾爾德點頭說道。

「那個星象儀是將硬紙按照固定步驟折疊彎曲組合而成的東西。我記得那個叫做紙……紙模……」

「紙模型？」

「對，就是那個。好像原本是什麼書的附錄，因為艾契斯無論如何都想要，所以還連買了好幾期。最開始那期是附大約這麼大的台座。」

諾爾德用手比了個約十公分大的正方形。

「至於後面那幾期，則是附了能映照出各季節星空的紙模型和解說書。」

「我偶爾會看到類似的廣告。就是每一期都附不同的零件，全部湊齊就能做出超級跑車之類的。」

艾契斯用力點頭贊同惠美的話。

「可是因為有好幾片，一直組裝起來放著會積灰塵變髒。所以我才先把它解體放進文件夾裡，藏到壁櫥的隔板底下。剛才打開箱子，發現裡面只有台座時，我才想到忘了事先告訴你們。」

「壁櫥的隔板底下啊。這麼說來，我的確忘了仔細檢查那裡。因為那隔板原本就是那個房間裡的東西……」

諾爾德像是覺得失算般，將手抵在額頭上。

「而且我還很守規矩地藏在隔板底下的報紙下層！」

姑且不論守規矩的用法和把那裡當成藏紙製品的場所是否妥當，那樣東西對艾契斯而言，就是如此重要。

「艾契斯無法離開他一定距離以上吧。」

諾爾德說完後，緩緩起身。

「沒辦法，我去拿吧。貝爾小姐，不好意思，能麻煩妳嗎？」

※

「電車真的好快喔～～！嗚嗚嗚～～」

「喂，艾美，別在電車裡興奮地大呼小叫啦。」

「我沒有啊～～嗚嗚～～」

儘管因為惠美的提醒而嘟起嘴巴，靜不下來的艾美拉達仍像個孩子般跪到椅子上緊貼著窗戶，津津有味地看著車窗外流逝的景色。

「沒辦法。我第一次搭電車時，也為這速度和其他許多事物感到吃驚。」

鈴乃懷念地看著那樣的艾美拉達。

「不好意思，各位，讓你們為了艾契斯這麼花工夫。」

在鈴乃旁邊的諾爾德低聲致歉。

要去諾爾德和艾契斯的舊家，必須從笹塚站搭下行電車二十分鐘到調布站下車，再從那裡搭約二十分鐘的公車，到天文臺前的公車站。

視轉車時間而定，單程大約要花上一個小時，打從諾爾德自安特·伊蘇拉回到日本以來，外出時都是由鈴乃擔任護衛。

雖然目前不太可能有什麼具體的危險，但這終究只是以防萬一。

難得今天艾美拉達到日本出差，惠美也想重新審視父親在日本的足跡，於是一行人便浩浩蕩蕩地去拿艾契斯忘記的東西。

「不過～～諾爾德先生為什麼會選擇住在我們接下來要去的那個地方呢～～？」

看著車窗外流逝的景色，艾美拉達向諾爾德問道。

「聽說諾爾德先生～～其實比艾米莉亞還要早來到日本～～？」

「這麼說來，我還沒跟艾美拉達小姐提過這部分的事情呢。」

鈴乃恍然大悟似的轉向艾美拉達。

「說得也是～～我本來想說只要問艾米莉亞就好～～從昨天開始就在找機會開口……方便的話～～可以告訴我嗎～～？」

「其實妳可以直接問我沒關係。不過，一想到我可能曾經在沒注意的情況下……和爸爸在東京的路上擦身而過，心情就變得有點複雜呢。」

惠美一看向諾爾德，後者便像是被人挖了舊瘡疤般皺起眉頭。

「我也很好奇魔王撒旦和惡魔大元帥艾謝爾這些魔王軍高層，為什麼會住在笹塚呢。總之，這也和艾米莉亞為何不讓我幫忙償還欠魔王他們的人情稍微有點關係。」

惠美因為這句話噘起嘴，諾爾德稍微瞇起眼睛，開始訴說。

其實我來到日本的時間，並沒有那麼長。

我想和艾米莉亞與魔王他們，應該差不到幾個月吧。

將年幼的艾米莉亞託付給教會的祭司後，我和王侯軍與村民們一起，為了從路西菲爾軍手中守護村子而戰。

當時妻子已經將「基礎」碎片託付給我，儘管尚不完全，但我也學會了用劍的技術。

雖然原本就並非法術士、只是個單純農夫的我沒什麼大不了的力量，但當時的我，是認真下定決心，要挺身為了守護村子與田地而戰。

因為我和艾米莉亞與妻子約定好了。將來一定要再度於那個家一起生活。

然而，結果如同各位所知，臨陣磨槍的聖劍根本不是魔王軍惡魔的對手，我和許多村民一起被趕出村子。

說來慚愧，路西菲爾軍派去襲擊斯隆村的惡魔，其實連十隻都不到。

在那之後，我以戰災難民的身分，在各地流浪了兩年。

艾美拉達小姐應該也知道，當時整個大陸的通訊網都徹底崩壞，就算寫信給聖・埃雷或教會，送達的可能性也非常低。

因為村子被燒毀而流離失所的我，經常連寫信的錢都沒有，就連通知人應該在聖・因古諾雷德的艾米莉亞自己平安無事都沒辦法。

我每隔幾個月才總算能寄一次的信，不曉得是在過程中遺失，還是被教會刻意隱藏起來，似乎全都沒送到艾米莉亞手中。這也是理所當然的。如果她有收到，應該就會知道我還活著。

過了一段期間後，聖・埃雷帝都也落入路西菲爾軍的魔掌，我就這樣在路西菲爾軍的支配下度過兩年。換句話說，在聖・埃雷被占據的這段期間，我都只能在帝都的角落過著淒慘的生活。

狀況是從路西菲爾軍被打倒，聖・埃雷獲得解放後開始出現改變。

艾米莉亞的名號廣為眾多平民與戰災難民所知，也是在那之後不久的事情。

聖・埃雷帝都伊雷涅姆解放時，還只有流出大神官與精銳的教會騎士打倒了路西菲爾的情

報，一直到幾個月後的北大陸解放戰期間，民眾們才開始知道那名教會騎士是名叫艾米莉亞的女性。

艾米莉亞成長得非常出色，並如同妻子所說獲得了驅除邪惡的力量，讓我大為感動。

然而，身為區區一個戰災難民，我根本就無法追上勢如破竹地擊敗魔王軍的艾米莉亞。

儘管我試著和教會接觸了幾次，但在那個人類開始看見希望的時期，人民們對勇者一行人懷抱的期待與憧憬，套用日本的狀況，可是比運動選手或偶像的人氣還要高出好幾百倍。

畢竟全世界成千上萬的人類們，都想和艾米莉亞他們說話或獻上祈禱。

在那當中，也不乏偽裝成他們的家人或親戚的傢伙，實際上我也被當成了騙子對待。即使搬出艾米莉亞的故鄉斯隆村的名字，也沒什麼效果。

即使被認同是真正的親戚，在世界各地旅行的艾米莉亞，也不太可能收得到信。

就在我於聖·埃雷不曉得該如何是好時，世界各地開始傳出南大陸的馬納果達被打倒的消息。整個世界，就是在當時一口氣動了起來。

人類原本遭到限制的移動與通商，瞬間獲得了紓緩，全世界的經濟也因為對魔王軍的反攻開始復甦，與此同時，各個國家也開始積極補償戰災難民。

我當時是這麼想的。

既然無法追上艾米莉亞，那只要在她一定會出現的地方等待就好。

幸好我當時獲得了戰災保償給付，以及回到斯隆村的許可。

儘管村子已經荒廢，但房子的地基幾乎都還留著，此外也有幾塊只要稍微整備一下，應該就能重新使用的田地與土地。

遺憾的是，當時回到村子裡的人，就只有我一個。

村子的倖存者本來就不多，有些人在漫長的難民生活中，於新的土地找到了新的生活方式，有些人則是拒絕返鄉，甚至有些人在路西菲爾軍的統治期間喪命，大家的狀況都不盡相同。

即使有意返鄉，絕大部分的人也都決定要在附近的卡希亞斯城塞市重新生活。

仔細想想，讓眾多人口流入卡希亞斯城塞市，應該也是大神官的策略，但總之我當時幾乎已經確信艾米莉亞將驅逐魔王軍。

既然如此，只要在村子裡等，艾米莉亞一定會回來。

然而，在那之後沒過幾天，一名出乎意料的人物造訪了村子。

某方面來說，那件事帶給我的衝擊甚至更勝艾米莉亞回來。

將年幼的艾米莉亞託付給我，某天突然失蹤的妻子……萊拉現身了。

隨著電車抵達調布站的地下月臺，四人走下電車。

在搭乘長長的手扶梯抵達地面後，右手邊有個大型公車轉運站。

「我剛來這裡的時候，調布站的車站大樓還在地上呢。短短的時間內，這裡實在變了好多。」

諾爾德看著轉運站說道。

「要去那個站牌。」

然後，他率先走到京王公車的車站排隊。

在被標示為「武91」的路線圖中，確實有個叫「天文臺前」的站。

「從調布站到天文臺前，只要搭這班車就好，不過若要從天文臺前去調布站，先走到前一站的調布銀座站，再搭車會比較快。因為那邊的十字路口經常塞車。」

雖然由異世界的勇者之父在調布帶路感覺很怪，但被帶路的人也全都不是這個世界的人，所以更顯諷刺。

「我來到日本時，一開始是住在新宿。」

「居然住得這麼近……」

就連已經大致聽過諾爾德狀況的鈴乃，都不禁為這項事實呻吟了一下。

在這將近一年的期間內，惠美和諾爾德不知道彼此就住在離對方搭電車不用二十分鐘的距離，孤獨地在東京生活。

「我在新宿住了一段時間後，艾契斯就突然覺醒。她沒有像阿拉斯・拉瑪斯那樣的嬰兒時期，從一開始誕生就是那個樣子。因為她無論如何都想住在看得見星星的地方，所以我就請教了一位打從我來到日本後、就一直很照顧我的男人，在他的介紹下，搬到了接下來要去那個有天文臺的區域。」

諾爾德似乎就連「佐藤」這個偶爾需要時報上的姓，都是跟那個男人借的。

不過這麼一來，一行人自然會產生諾爾德究竟是如何在日本生活的疑問。

雖然惠美、真奧與蘆屋都在陌生的異世界拚命工作，但他們之所以能跨越語言的障礙，主要還是依靠魔力與聖法氣。

身為一介農夫的諾爾德，究竟是如何跨越這個障礙，又是如何獲得足以餬口的糧食呢？

「這很簡單啊。」

諾爾德搭上到站的公車，以熟練的動作收下整理券，邊走向最後面的座位邊說道。

「我的日語，是妻子教的。」

正當我為了復興荒廢的村子與田地，在荒廢的田地內除草時，萊拉出現在我面前。

我還來不及懷疑自己的眼睛，她就開口說道：

『我本來沒想到事情會變成這樣。』

我聽不懂這句話是什麼意思。

然而在我發問前，萊拉接著說：

『為了以防萬一，必須讓你的聖劍成長才行。現在必須盡快趕到我們的回憶之地。』

這把聖劍，就是現在的艾契斯。

然而這時候，那還只是一把擁有不可思議力量的劍，我在夕陽下，按照萊拉的指示召喚出聖劍，想問她這到底是怎麼回事。

就連現在這一刻，艾米莉亞都在與魔王軍戰鬥。我的這股力量，或許能夠幫上艾米莉亞的忙，此外既然妻子是名天使，難道就沒辦法去協助艾米莉亞嗎？

萊拉的回答，也同樣讓我覺得不得要領。

『我不知道事情為什麼會變成這樣。撒旦以前明明是個懂得心痛的溫柔孩子。』

這點最讓我覺得莫名其妙。

撒旦明明是正在侵略安特·伊蘇拉的魔王之名。但從萊拉的語氣聽起來，她似乎從很久以前就認識撒旦了。

『對不起，一直以來都讓你這麼辛苦。我會將現在能說的事情都告訴你，所以，現在先趕去我們的回憶之地吧。』

我就這樣在一頭霧水的狀況下，牽著萊拉的手，跟著她從斯隆村飛到東方的山裡。

在距離村子約半天路程的地方，有座現在已經變成狩獵區的山，我和萊拉一起生活的那段期間，那裡還只是個充滿未開發森林的普通山脈。

在南側半山腰的地方，有塊宛如露臺般凸出來的土地。

年輕時的我和萊拉很喜歡那裡，我們在那裡蓋了別墅用的小屋，並經常在農閒期間去那裡度假。

簡單來講，就是兩人祕密的別墅。萊拉約我去那個充滿回憶的地方。

……艾米莉亞，為什麼一提到這座山的事，妳就露出那麼不悅的表情。

我們將那裡，稱做星空露臺。

……艾美拉達小姐，為什麼妳要發出這麼興奮的聲音？我說了什麼奇怪的話嗎？

抵達露臺後，萊拉讓「基礎」碎片與我分離。

她將變得能收入掌中的小碎片，種到露臺角落最容易照到陽光的地面。

直到現在，我依然不曉得這行為有什麼意義。

應該說即便她有向我說明，我還是無法理解。

在那之後，萊拉告訴我許多事。

將「基礎」碎片託付給我和剛出生的艾米莉亞的意義。

聖典記載的質點、生命之樹與天使們的真相。

現在威脅安特・伊蘇拉全境的魔王軍首領，魔王撒旦的真面目。

天界的禁忌，「大魔王撒旦的災厄」的傳說。

全都是些只聽一次，根本就無法理解的事情。

最重要的是，萊拉看起來非常焦急。

我雖然相信萊拉，不過比起讓我理解這些一時難以消化的事情，萊拉似乎更急著教會我某種語言。

沒錯，就是日語。

艾美拉達小姐，以上就是事情的經過。萊拉在那時候，就已經知道這個世界的事情。

我想萊拉應該在非常早期的階段，就計畫讓我和艾米莉亞……讓「基礎」碎片躲避到天界之手無法干涉的地方。

她似乎花費了漫長的時間在進行這些準備。

對我來說，比起未知世界發生的問題，我更擔心在安特・伊蘇拉戰鬥的艾米莉亞，但妻子說若真有什麼萬一，她將挺身守護艾米莉亞，於是我相信妻子的話，並接受她的安排。

嗯？妳問我為什麼這麼輕易就相信萊拉？

為什麼呢，這實在一言難盡……我和萊拉邂逅時有發生一些事情，所以打從一開始就知道她是天使。

從認識萊拉，到艾米莉亞誕生，一直到萊拉離開我身邊這段期間，也面臨了許多狀況。

例如萊拉雖然是擁有強大力量的天使，但無論在什麼狀況下，她都不會使用那股力量。

例如某年夏天的氣溫，比往年都要來得低上許多，導致無法避免歉收的狀況。

我當時曾問過萊拉，能不能用她的力量拯救村子的麥子。

萊拉回答：

『即使勉強扭曲自然的姿態，總有一天還是會產生反撲。你想讓我成為真正的天使嗎？』

不只是那時候，萊拉經常讓我覺得，她似乎很討厭自己身為天使的事實。

在那之後，我一直嚴格地在心裡提醒自己，千萬別去觸及萊拉隱藏的力量。

萊拉曾經滿臉笑容地穿上我向旅行商人買來的舊衣服。她也很喜歡自己慢慢變得像附近農家的其他太太那樣。

她讓自己美麗的手因為寒冷的冬天龜裂，因為農務受傷，甚至能夠毫不猶豫將手插進散發腐壞臭味的堆肥裡。

我們的生活並非總是只有快樂的事情。我們也不只一兩次產生爭執。

然而，我從來沒有懷疑過她的心。根本就沒有那個必要。

相信妻子這件事本身，並沒有什麼道理可循……

來談談艾米莉亞誕生那天的事情吧。

萊拉的生產過程並不順遂，甚至讓我驚訝原來那纖細的身軀，能夠發出如此大聲的慘叫。

我的關心根本毫無幫助。

如果她知道我把這件事說出來，事後一定會生氣吧，雖然萊拉本人堅持『我才沒說過那種話』，但我和村子的產婆都確實聽見萊拉在忍受難產的痛苦時，曾經說過——

『我現在真的對全世界那些一臉悠哉地在天上飛的海鳥恨得要死！』

很莫名其妙對吧？

我打從出生以來就沒見過海，所以就算聽到她這麼說，也沒什麼特別的感想。不過當時我一個不小心笑了出來，然後就這樣被萊拉給踢出房間。

過了一段時間，等我因為聽見嬰兒哭聲而趕回來時，萊拉已經哭著在抱艾米莉亞。

她像是在和剛出生的艾米莉亞比賽般大哭，讓我迷惘著到底該怎麼向她搭話。

然而萊拉以淚眼汪汪的表情對我說：

『謝謝你。這樣我就是這個世界的人了。』

一直到十五年後重回星空露臺時，我才隱約能夠理解這句話的意思。

在我們相隔十五年重逢後，萊拉對我說——

我和天界的居民，都不是聖典裡說的天使。

雖然為了避免麻煩，還是簡單稱為天使，但按照萊拉的說法，天使們其實是一群小偷，並打算奪取本來應該在安特．伊蘇拉誕生的神。

他們是一群為了自己的繁榮，打算從安特．伊蘇拉的人們手中奪取未來與神的罪人集團。

萊拉非常討厭自己的天使身分，以及自己族人的所作所為。

她認為於大地扎根，在有限的時間內努力生活獲得生存的喜悅，才是真正的生命。

可是，如果天界繼續像這樣存續下去，在不遠的未來，一定會發生對安特．伊蘇拉的人們不好的事情。

她說她無論如何，都必須阻止這點。

然而阻撓萊拉計畫的人們，過去也曾經拆散我們一家人。

在艾米莉亞出生後的第一個秋天。

那天晚上，萊拉展現出和我第一次見面時相同的姿態……天使的姿態。

我還來不及問她為何要恢復自己那麼厭惡的姿態，萊拉就分別交給我和艾米莉亞一個紫色的水晶碎片。

當然，那就是「基礎」的碎片。

『我希望將我當成這個世界的人類迎接的你，能夠收下這個。』

萊拉是這麼說的。

儘管我問她這是怎麼回事，萊拉也只以搖頭回應。

『世界遲早將被「邪惡」籠罩，而我們的孩子擁有驅散他們的力量。我現在，必須守護這個力量。』

現在回想起來，萊拉所說的「邪惡」，或許不是指魔王軍，而是其他更加巨大的邪惡也不一定。

『為了守護你和艾米莉亞的未來，我還不能在這裡被抓。所以，現在請讓我離開吧。』

我從來沒懷疑過萊拉的誠意與愛。

雖然我當然不想和她分開。不過既然發生了什麼讓萊拉如此判斷的事情，那我也只好遵從她的判斷。

『妳一定要回來。我會一直等著妳。』

我向萊拉如此說道。

萊拉朝我深深低下頭，讓紫色的水晶與我們的身體融合。

就像雪在掌中融化一般，手上的碎片就這樣毫無感覺地分解消失。

『我已經拜託碎片守護你們。對不起，說出這麼任性的話，不過，我一定會回來。』

萊拉說完後，便離開了我們。

我只能目送她飛向空中。

萊拉的光芒消失在東方的天空時，又出現其他類似萊拉的光芒，像是在追逐萊拉般由西向東經過。

此時，不可思議的事情發生了。

就在光追著萊拉飛向東方的天空時，那把聖劍突然出現在我的手中。

儘管外表看起來不太可靠，但我馬上就知道這是萊拉託付給我的水晶的力量。

劍就像是在警戒空中的那些光芒般，輕輕顫抖。

我一直到空中那些光消失後才走回家，接著便發現艾米莉亞嬌小的手中，像是在祈禱般握著一個類似十字架的物體。

那恐怕就是艾米莉亞使用的「進化聖劍・單翼(better half)」最初的形態。

過一段時間後，劍與十字架都化為光點，消失在我們體內。

我並不覺得自己背負了什麼巨大的使命。

我只想要守護艾米莉亞。為了讓萊拉戰鬥完回家後，能夠過著和以往一樣的生活，我必須守護這個家。我在心裡堅定地發誓。

結果在那之後，直到魔王軍入侵，萊拉都沒有回來，艾米莉亞也從來沒有因為想念母親而哭泣過。

我想，這大概是因為碎片的力量，包覆了艾米莉亞的心。

「喔，天文臺前到了。」

在看見公車顯示出下一個停靠站後，諾爾德以熟練的動作按下停車鈕。

接著他在看向並肩坐在一起的鈴乃等人後，不經意地問道：

「嗯，怎麼了嗎？」

「沒、沒什麼。」

鈴乃抿緊嘴唇，看向無關的方向。

「……真是的……」

惠美也板著羞紅的臉低頭嘟囔。

「雖然知道這些是很重要的事情～」

艾美拉達不知為何一臉嘻笑，將雙手貼在臉頰上扭動身體。

「該怎麼說～那個～」

公車很快就在天文臺前站停車。

諾爾德雖然大惑不解，但仍從座位起身，動作熟練地將整理券與零錢投進收費箱。

鈴乃和艾美拉達也緩緩跟在後面，表情尷尬地互望彼此，惠美則是像在忍耐什麼似的，盡量不面向兩人。

「有種～～謝謝招待的感覺呢～～」

「嗯？」

不曉得艾美拉達的意圖有沒有傳達到，諾爾德一臉無法釋懷地走下公車。

跟在後面的三人，雖然知道這是為了了解自己被捲入的狀況所必須的情報，但在聽見諾爾德以絕妙的比例參雜了與萊拉熱情的青春時代逸事的說明後，感覺似乎迷失了什麼重要事物。

「呼……公車上的暖氣真強呢，嗯。」

公車離開後，鈴乃像是要將之前憋的氣全吐出來般，用力地深呼吸，用手掌替自己的臉搧風。

「那麼～～你和萊拉小姐重逢後～～又是怎麼從星空露臺來到三鷹這裡呢～～？」

「原來那個地方還有這種名字啊……感覺好複雜。」

艾美拉達乾脆地說出那個讓人有點尷尬的名詞，惠美聽見後，再度紅著臉低下頭，諾爾德則是用力點頭回答：

「邊走邊說好了。雖然貝爾小姐和艾米莉亞來過很多次了……但總之往這邊走。」

諾爾德催促著艾美拉達，同時重啟話題。

隔了十五年才重逢的萊拉，似乎想盡快將我和我的碎片隱藏起來。

而她選擇的場所並非安特．伊蘇拉，而是這個地球。

雖然我說自己向萊拉學習語言，但並不是用教科書從單字開始學起。

萊拉事先透過概念收發（idea-link），將大部分的知識傳授給我，所以後續只要再進行幾天的實踐訓練就好。

拜此之賜，雖然我現在講日語時偶爾還是會用錯詞，但也不至於完全無法溝通。

萊拉說她著急的理由，和艾米莉亞以勇者的身分活躍，以及魔王軍的入侵有很大的關係。

艾米莉亞手中的聖劍，以及身上的破邪之衣，都和我的聖劍一樣，是從「基礎」碎片的核心產生出來的。

據說這個反應，很可能會被天界察覺到。

萊拉至今似乎都在將碎片託付給世界各地的人物，每當那些場所快被發現時，她就會用自己持有的碎片引開追兵。

令我驚訝的是，這項計畫似乎早在我還沒出生的幾百年前，就已經在持續進行了。

不過這次艾米莉亞擁有的力量實在太強，所以她根本無法掩護。

由於可能會有追兵盯上艾米莉亞的聖劍，因此保險起見，她希望我能逃到異世界。我想她應該是這個意思。

當然我也有問過，如果追兵對艾米莉亞伸出魔掌怎麼辦？

萊拉回答。

她即使賭上性命也會守護女兒。

站在我的立場，萊拉和艾米莉亞都是無可取代的存在。所以我當然不希望看見她們有生命危險。不過既然擁有超越人智力量的萊拉都做好了這樣的覺悟，那我也無話可說。

而且，我相信萊拉。所以我尊重她的意志，按照她的指示行動。

後續的事情當然很辛苦。

要記的事情不只語言，最需要學的是和金錢有關的事情。

在實際看過ＡＴＭ之前，我根本無法理解這種隨處可見、不需透過人類就能領自己的錢出來的系統。

名叫紙幣的存在也一樣。我花了好一番工夫，才理解這個不屬於金、銀、銅等各種金屬、類似證明文件的東西，居然有超過金幣的價值。

能夠證明身分、名叫護照的記事本，以及銀行的戶頭與存摺，都是萊拉在那時交給我的。

那是我第一次感到不安。她接下來到底要我做什麼？

由於被急忙塞了一堆未知世界的知識，途中我還和她吵了場睽違十五年的架。
最後因為吵到一半就覺得很懷念，所以後來也吵不下去……怎麼了，艾米莉亞，妳那是什麼表情。
啊，嗯，要我繼續說下去嗎？
然後，又過了幾天，萊拉將之前埋的碎片挖出來，再度將它和我融合。
據萊拉所說，那天正好是艾謝爾為艾米莉亞所敗，從東大陸撤退的日子。
『我本來想再多花幾天，讓她在這裡誕生。』
萊拉說完後，便握著我的手說道。
『對不起，我一直這麼任性妄為。不過，拜託請你相信我。』
我回答，我從來沒有不相信過妳。
萊拉露出和十五年前一樣美麗的笑容後，就抬頭看向天空。
我跟著看過去後，便發現那裡居然出現了一個天使。
那是個拿著巨大鐮刀，外表像個嬌小男子的天使。
我心想，或許這個天使就是十五年前追著萊拉，消失在東方天空裡的那道光芒的真面目也不一定。
那個天使只有白色的翅膀和髮色與萊拉相同，眼神非常地冷淡。

不過在見到那個天使後，我就突然失去了意識。

等清醒後，我已經在新宿……正確來說是稍微偏代代木的地方，總而言之，我倒在日本的公寓裡面。

我陷入混亂。雖然萊拉有事先告訴過我，但一走出房間，我就因為面臨沒聞過的味道、沒聽過的聲音，以及沒看過的光芒而整個人僵住。

儘管萊拉也有告訴我到了這個國家後要怎麼做，不過實際上，我還是花了三天才有辦法外出。

我很害怕，害怕未知的世界與未知的人類。

儲備的糧食吃光後，我無奈地外出，在便利商店完成了首次的購物。

我至今依然能夠鮮明地回想起來，在發現用一百圓買回來的麵包，美味到和安特·伊蘇拉的燕麥麵包截然不同的那個瞬間。

我心想，自己真是來到了個不得了的地方。

在那之後，我花了一個星期摸清楚公寓周圍的環境，學習生活所需的經濟活動，然後開始執行萊拉要我做的事情。

那就是散步。

代代木公園就在公寓的步行範圍內，我每天都會去那裡散步一次，仰望天空，聞聞樹的味道，並躺在泥土上。

萊拉說，這和培育碎片有關。

直到持續散步了約兩個月後的某天早上，我才理解培育碎片這句話的意思，那時聖劍突然現身，並化為人形。

沒錯，艾契斯誕生了。

我非常焦急。一出生外表就和十來歲的少女沒什麼兩樣的艾契斯，一開始就懂一定程度的日語。

她也知道我是和萊拉有關的人，所以溝通起來並不困難。

不過沒想到問題還是發生了。

艾契斯的食量非常大。

打從艾契斯誕生以來，萊拉事先準備的錢就開始以翻倍的速度在消耗。

雖然存款餘額還有餘裕，但既然不曉得要和艾契斯一起生活到什麼時候，還是不能隨便浪費。等存款見底後再處理就來不及了。

於是，我開始找工作。

託那段在聖．埃雷帝都的戰災難民生活的福，我有自信能勝任各種工作。

我就是在這段開始打零工的時期，認識了那位姓佐藤的男子。

拜佐藤所賜，我才知道持有的護照上蓋的章，是叫做工作簽證的東西。

我因此得知只要自己有那個意思，就能在日本自由地工作。

佐藤雖然是個普通的日本人，但因為經歷特殊，所以是個無所不知的男人。

我在他身上，學到了許多關於日本的事情。

嗯？喔，妳問為什麼要借用他的姓氏？

單純只是為了和艾契斯以親子的身分生活，以及避免讓人起疑心而已。

找工作時當然不能謊報姓名。銀行戶頭用的也是本名。

不過我請周圍的人把這當成我的綽號。雖然有點抗拒，但考慮到萊拉將我送到這個國家的理由，我想還是盡量避免讓尤斯提納這個姓曝光比較好。

另外佐藤複雜的經歷，和戰災難民時期的我很像這點也是主因。

總之我有段時間一直都和佐藤一起工作，我就是在那時候找他商量的。

這附近有沒有能看見星星的地區。

佐藤當時推薦給我的，就是這個三鷹國立天文臺所在的地區。

這裡可說是日本天文觀測的中心，每隔幾個月就會舉辦各種和天文觀測有關的活動，只要報名，誰都能夠自由參加。

此外，佐藤還介紹了這附近的工作給我。

據佐藤所說，他以前曾在這裡工作過，只要在這裡工作便能以便宜的租金住進員工宿舍，還能在工作的同時仰望夜空。

我一告訴艾契斯，她就堅持要搬來這裡。

雖然我不太想離開萊拉準備的房間，但如果是萊拉，就算我們搬到別的地方，她應該也能透過艾契斯的氣息找到我們。

於是，我們就這樣搬來了這裡。

艾美拉達站在一棟停了許多機車的低矮建築物面前，仰望掛在外面的招牌。

「上面寫的是『詠賣報紙銷售所』。這裡是集中與派送名叫報紙的資訊媒體的地方。」

一旁的鈴乃替她解說漢字的文字。

「稍等一下。我去請所長幫我們打開房間。」

諾爾德說完後，便從容地拉開店舖的拉門，走進屋內。

「所以才會需要機車駕照啊……」

惠美自從聽說真奧是在去駕照考場路上的公車內，遇見諾爾德與艾契斯後，就一直在納悶為何諾爾德會想考駕照，不過在看見於店外排成一列的送報用機車——本田RADISH後，便恍然

大悟。

雖然這裡也停了幾輛自行車，但如果能騎機車，工作起來應該會更順利。

就「工作的同時仰望夜空」這點而言，送報的確是要在太陽升起前，天還沒亮的時候穿梭在大街小巷裡，挨家挨戶地投遞報紙。

雖然惠美本人沒有這方面的經驗，但報紙銷售所中似乎有提供員工住宿的地方，由於是必須在早晚有限的時間內完成的工作，因此也有些員工其實是白天要去上學的報社獎學生。

送報的工作絕對稱不上輕鬆，不過諾爾德的身體經過農務的鍛鍊，本身又擁有足以撐過戰災難民生活的精神力，因此對他來說應該只是小事一樁。

雖說隨著網路與電視的發展而漸趨式微，但報紙仍保留作為情報媒體的活力，只要從事和報紙有關的工作，想必也能輕易掌控世界的動向。

和在漆原來之前只能透過圖書館取得資訊的真奧和蘆屋相比，或許諾爾德接觸到的資訊還比他們更加新穎。

過不久，諾爾德便與一名上了年紀的男子一起出來，走向店舖後方。

那是這個銷售所的所長，惠美也曾經跟他打過一次照面。在銷售所後方，擠了幾棟風格和Villa・Rosa笹塚類似的公寓，其中一棟被當成這間銷售所的員工宿舍使用。

「話說回來艾米莉亞~~」

艾美拉達津津有味地看著櫛比鱗次的住宅區，接著像是想起什麼似的向惠美搭話。

「嗯？什麼事，艾美。」

「雖然剛才聽了諾爾德先生的說明～但我還是不曉得為什麼妳不讓諾爾德先生幫忙償還妳欠魔王的債務～～」

「喔，這件事啊。」

惠美苦笑著仰望報紙銷售所的招牌。

「單純只是因為我的儲蓄還頗有餘裕，或許妳會覺得我太固執……但再來就是因為媽媽的關係。」

「媽媽……是指萊拉嗎～～？」

「嗯。」

惠美嘆了口氣，搖頭說道：

「我不覺得媽媽是壞人，但即使如此，現在的我和爸爸，還有魔王的狀況，多少都和媽媽有關。爸爸手頭上的錢，有部分是媽媽替他準備的吧？我不想依靠媽媽的錢。就算先把這些麻煩事放在一邊，麻煩父母幫忙償還自己擅自欠下的借款，感覺還是不太好吧？」

「喔～～」

這樣聽下來的確是有點道理，不過針對目前這個吃緊的狀況，這麼做確實也能說是有點太

過逞強。

「艾美拉達小姐，這也是無可奈何的事。艾米莉亞對這方面的事情非常頑固。講好聽一點，就是有潔癖。」

「說得也是……她這部分真的是一點也沒變呢～」

「真是謝謝你們的稱讚啊。」

鈴乃和艾美拉達放棄似的苦笑，惠美則是得意地嘟起嘴巴。

過了十分鐘左右，諾爾德帶著文件夾回來。

他向所長行了一禮後，回到惠美等人身邊。

「看來累積了很多呢。」

在印有讀買新聞標誌的文件夾裡，夾帶了許多紙模型的零件。

「艾契斯，為什麼會那麼想看星空呢？」

「嗯……雖然這只是我的推測。」

諾爾德看著手上的文件夾，回答鈴乃的問題。

「基本上在艾契斯出生之前，萊拉在和我提到與『基礎』碎片有關的事情時，都會特別強調天空。叫我去代代木公園散步時是如此，在星空露臺埋碎片時，她也刻意選擇了最先會被朝陽照到的地方。天空，特別是夜晚的星空，對她們來說，或許有什麼重要的意義。我記得這個……」

說著說著，諾爾德從文件夾中拿出最薄的一張紙。

那並非紙模型，而是一張上面貼了大片圓形透明玻璃紙的紙版。

「這是在天文臺舉辦月亮觀測活動時拿到的東西。只要用光從背後照過去，月亮的地圖就會浮現在牆壁上，艾契斯似乎特別喜歡這個。在她的收藏品中，不知為何和月亮有關的東西特別多。」

「月亮……嗎？」

根據聖典的傳承，構成世界的寶珠「基礎」掌管的行星就是月亮。

不曉得是不是和這有關係，鈴乃一臉若有所思地看著那疊紙模型的零件。

「不過～幸好有找到艾契斯的收藏品呢～」

「說得也是，但事情真的一下子就辦完了呢。」

諾爾德點頭同意艾美拉達的話。

「我還想再跟各位聊聊，而且有些事我也還沒告訴艾米莉亞，可以的話，希望下次找個能集合所有相關人士的地方，好好依序說明。」

「的確。雖然有點討厭，但有些事也必須和魔王他們確認……現在還是先把東西送去給艾契斯如何？現在回笹塚的話，我剛好能趕上傍晚的事情。」

說著說著，惠美轉身走向公車站——

「這麼說來，艾米莉亞。妳傍晚到底有什麼事？」

但她馬上就因為鈴乃的問題停下腳步。

「嗯，其實……」

惠美有些困擾地微笑，轉頭回答鈴乃。

「我有一場打工的面試。」

※

在麥丹勞幡之谷站前店的員工間內，千穗一看見真奧就鼓著臉頰逼近他。

「真奧哥！我都聽鈴乃小姐說了！」

「咦？什、什麼事？」

高中女生才一見面，就氣勢洶洶地將已經取回全盛期魔力的惡魔之王撒旦給逼到牆邊。

「雖然我也知道真奧哥和遊佐小姐是敵對關係！不過就算是這樣，你那麼做還是太不體貼了！」

「呃，小千，不對，那是因為……」

「我知道真奧哥也很辛苦，也知道錢的問題非常重要！可是，我還是覺得在遊佐小姐的爸爸面前說那種話不太好！」

看來千穗是真的生氣了。

千穗指的，應該是真奧在還沒完全恢復的諾爾德面前，向惠美催討欠款的事情。

真奧在內心埋怨對千穗多嘴的鈴乃，同時拚命安撫千穗。

「呃，小千，這背後有非常複雜的原因……」

「至少也該在麥丹勞、真奧哥的房間、鈴乃小姐的房間，或是其他遊佐小姐的爸爸不在的地方做這件事吧？」

「小千，拜託妳聽我解釋！我這麼做是有理由的！」

真奧按住彷彿要就這樣揪住胸口將他摔出去的千穗肩膀，將她推開。

「我不知道鈴乃跟妳說了什麼，但我這麼做是有我的考量。」

「什麼考量！你知道在那之後，遊佐小姐和爸爸……諾爾德先生，因為錢的事情鬧得非常尷尬嗎！」

這倒也是，不用千穗或鈴乃提醒，真奧也知道事情會變成那樣。

畢竟從諾爾德的角度來看，女兒的債主可是人類的敵人。

諾爾德不愧是比惠美還早和「基礎」碎片扯上關係的人，所以並未單方面地將真奧這些惡

魔當成邪惡看待，即使如此，他應該還是清楚惠美目前的立場不太妙。

而且，惠美似乎還打算只靠自己的錢來解決真奧的要求。

諾爾德身邊許多大大小小的東西看起來也都是她新買的。

雖說惠美的時薪原本就比真奧高，但在這麼短的期間內滿足真奧的那些要求，該不會讓她的存款一下子就見底了吧。

「我本來以為她會更激烈地反擊。」

「反擊？」

真奧的表情似乎有些疲憊，讓千穗皺著眉頭一臉困惑。

「因為那可是三十五萬圓耶？就算是正式職員，三十五萬圓也不是一筆能輕易拿出來的金額吧？更何況那傢伙目前還失業。」

「那還用說！所以才更不應該在諾爾德先生面前……」

「我本來是想對她說，如果拿不出錢就用身體來還…………小千，小千？」

真奧說才說到一半，千穗的臉就在他面前變得愈來愈紅，眼睛也生氣地往上吊，讓他發現自己似乎有所失言。

「身、身、身、身、身體，用身體，用身體……！真奧哥！你到底在說什麼！居、居、居然說出這種下流的話，我真是看錯你了！」

不出真奧所料，千穗大叫起來，真奧慌張地解釋：

「小千小千小千！冷靜點！是我的說法不好！我不是那個意思！妳看，事情是這樣啦！」

真奧慌慌張張地從櫃子裡拿出一本類似雜誌的小冊子。

「妳想想看，對方可是那個惠美耶？光是欠我這個魔王人情就已經夠讓她生氣了，我本來以為如果再提出這種亂來的要求，她一定會像以前那樣大發雷霆。這樣我就能把這個當成替代方案，我原本是想講這個啦！」

因為憤怒與羞恥變得滿臉通紅的千穗，在看見真奧手上那本雜誌的封面和露出來的便利貼後，開始大致理解真奧想說的話。

「真奧哥，你該不會……」

「我以為她會說『這種金額誰付得出來啊！就算真的欠你人情，也該有個限度』之類的話。然後，只要她這麼說……應該說我本來以為她一定會這樣反擊，那我就能要她以其他形式償還，例如從她目前沒有工作這方面切入……對吧？」

真奧尷尬地將雜誌遞給千穗，千穗也像是不曉得該擺出什麼樣的表情般，收下那本雜誌。

雜誌的封面上寫著「免費徵才情報誌．ＣＩＴＹ　ＷＯＲＫＩＮＧ！　新宿．京王．小田急沿線版」，另外還畫了一隻吉祥物的小豬，讓牠在手上舉著寫了「餐飲店特輯！」的看板。

剛發行的最新刊上貼了便利貼，翻開做記號的那頁後，上面不出所料地寫了「麥丹勞幡之

谷站前店配合擴大營業型態，大規模招募新人！經驗不拘！」等文字。

千穗驚訝地交互看著那頁和真奧的臉。

「真、真奧哥……」

「如果還不了錢，就靠工作來還……我本來想這麼說……結果，事情不如預期。」

真奧說完後，沮喪地聳肩。

「……」

千穗受不了似的看著那樣的真奧，將雜誌還給他，然後——

「真奧哥。」

「嗯？」

「真不坦率！」

千穗的聲音直截了當地刺進真奧的內心深處。

「可、可是……」

「沒有可是！那是怎樣！明明一開始直說就好了，為什麼要做這種拐彎抹角的事情！」

「呃，因為我跟她都有各自的立場……」

「立場能當飯吃嗎！能幫忙找到工作嗎？」

「唔，被妳這麼一說……不過，對方可是惠美……」

「就是因為沒在這種時候確實認真溫柔地對待人家，才會連原本能聽進去的話都變得聽不進去！」

就在兩人一來一往的時候，不知不覺間，真奧已經被迫坐到折疊椅上，接受千穗居高臨下滔滔不絕的說教。

「話說這是怎樣！又不是國小男生，明明想對女孩子溫柔，卻又因為覺得這樣不帥氣而欺負人家，身為魔王，你不覺得這樣很丟臉嗎？」

「等、等等，小千。妳的前提有問題。基本上店裡是真的人手不足，那傢伙對惡魔以外的人又很親切，我只是覺得既然她做過電話客服，應該也能勝任處理外送訂單的工作，我並沒有想對那傢伙溫柔……」

千穗大聲斥責想用麥丹勞人手不足當理由逃避的真奧。

「這是一樣的事情！既然如此，為什麼不一開始就這麼說！為什麼不直接告訴遊佐小姐因為店裡人手不足，她的專業又能派上用場，所以希望她能來店裡工作呢！」

「呃，就算妳這麼說……」

真奧雖然也有自己的想法，但千穗似乎完全聽不進去。

「真要說起來，理由根本就不重要！如果不好意思直接關心遊佐小姐，只要說是因為擔心阿拉斯．拉瑪斯妹妹或諸如此類的話，再介紹工作給她就好，為什麼非要將自己裝得好像是個壞人一樣呢？」

「呃，因為我是魔王，那傢伙是勇者……」

「一直以來不斷堅持魔王和勇者的身分，有發生過什麼好事嗎！」

今天最強的一發雷霆，貫穿了惡魔之王。

真奧用力在折疊椅上縮起身子，戰戰兢兢地抬頭往上看，千穗正以彷彿全盛時期的惠美般充滿怒氣的眼神俯瞰真奧。

「現在已經不是拘泥於那種事情的時候了！真奧哥在安特．伊蘇拉時，不是已經和遊佐小姐、艾契斯與蘆屋先生，攜手和那些天使戰鬥了嗎？難道那時候，你也是在想著什麼魔王和勇者的事情戰鬥嗎？」

「呃，那個……雖然鈴乃好像說了一堆有的沒的，但其實我們並沒有特別……」

關於那場發生在安特．伊蘇拉東大陸——艾夫薩汗皇都蒼天蓋的戰鬥始末，真奧、蘆屋、惠美和鈴乃都已經各自親口告訴千穗了。

千穗為聽見惠美於安特．伊蘇拉被抓的事情對奧爾巴與天界感到憤慨，為真奧偶然遇見艾伯特感到吃驚，為蘆屋寄給惠美的信件內容莞爾，為鈴乃救出艾美拉達感到驚嘆，在得知惠美與父親重逢時，更是流著眼淚為惠美感到高興，露出悲喜交集的表情。

千穗在得知所有戰鬥的始末後，曾經產生這樣的想法——

「難得遊佐小姐和真奧哥的感情稍微變好了一點……」

「小千……？」

真奧因為千穗稍微表現出悲傷的樣子而慌了手腳。

「真奧哥。」

「喔、喔？」

「要是遊佐小姐真的把錢還給真奧哥，並在整理好心情後，開始認真想要和真奧哥對決怎麼辦？」

「咦？不不不，只要阿拉斯．拉瑪斯還在，我想應該是不會發生這種事……」

真奧並不是沒擔心過這個問題。

隨著這次的事件結束，一旦惠美還清欠真奧的人情，兩人之間就只剩下一個事實——那就是真奧現在仍未放棄征服世界，且因此在過去為惠美與諾爾德留下痛苦的回憶。

雖說順利與父親重逢，但考慮到惠美失去的那些沉重事物，就算惠美反過來向真奧請求相對應的補償，也沒什麼好不可思議的。

「既、既然她無法取我性命……該不會這次換她向我要錢？例如撫慰金之類的？」

「真是的！」

千穗像是受不了真奧這種根深柢固的守財奴想法般偏過頭。

「總、總之，對不起，小千！我想得似乎有點不夠周詳……」

「就算向我道歉也沒用吧。」

「唔。」

千穗對啞口無言的真奧嘆了口氣。

「我有時候真的會搞不懂。」

「喔、喔？」

「遊佐小姐以前常說些真奧哥是仇人是敵人，要打倒你之類的話。」

「沒、沒錯。嗯。」

「真奧哥是怎麼想的？」

「咦？」

「真奧哥實際上，究竟是怎麼看待遊佐小姐的事情？」

「怎麼看待……呃……」

不知為何，雖然狀況與對象不同，但感覺前陣子也曾遭遇過類似的狀況，這讓真奧頓時慌了手腳。

「因為遊佐小姐是敵人，所以你最後果然還是會想殺她嗎？」

「不、不，再怎麼說，也不會做到那種程度……」

千穗的極端言論讓真奧驚訝地睜大眼睛，但他馬上就發現自己根本沒回答到千穗的問題。

「你果然沒這麼想吧？畢竟遊佐小姐，也是新生魔王軍的大元帥之一。」

「嗯、嗯……」

雖說是迫於無奈，但無論千穗還是鈴乃，最近都有利用大元帥的稱號逼迫真奧的傾向，不過這畢竟是自作自受，所以真奧也無法反駁。

「既然如此，那就別這樣欺負人家，像個王者般展現帥氣的一面吧。請你讓遊佐小姐，見識和過去完全不同的新世界。不然的話……」

千穗悲傷地說道，真奧一句話也無法回答——

「阿拉斯．拉瑪斯妹妹就太可憐了。」

只能默默地目送千穗走出員工間。

「阿真。」

「是！我一時失言，惹小千生氣了！」

一走到店內，麥丹勞幡之谷站前店店長、讓企圖征服異世界安特．伊蘇拉的魔王撒旦抬不起頭的存在——木崎真弓，正以遠遠凌駕剛才的千穗的氣勢站在那裡，真奧在對方開口之前，就先承認自己的過失。

「這樣啊。」

「是、是的。」

「阿真。事到如今，應該不用我多說，目前這間店，已經沒有挑選打工人員的餘裕了。你明白吧？」

「明白。」

真奧勉強流著冷汗回答。

「無論如何都必須召集人手，在外送業務正式開始前，徹底把他們給教育好。如果你們這些老手在這段期間把店內的氣氛弄僵，對教育新人會有不好的影響。我說得沒錯吧。」

「是……是的，沒錯。」

木崎像是在諄諄教誨般緩緩說出的每一句話，都彷彿包含了強大的魔力，讓真奧緊張不已。

秋意漸深，麥丹勞幡之谷站前店的排班表，也開始出現破綻。

由於負責MdCafe的人員需要一定程度的專業，因此常駐店內的人員也跟著變多，再加上這裡意外被選拔為外送服務的實驗分店，光靠過去的人數，很有可能會無法維持店裡的運作。

除此之外，打工的大學生一到秋天，動向就會開始變得不安定。

至今做為安定戰力的大三生，將開始受到求職活動的影響，使得能夠穩定排班的人將宛如退潮般，一個接一個地減少。

大學特有的漫長暑假也將結束，隨著後期課程開始，大一、大二生的流動也將變得更加激烈。

至於打工的家庭主婦，雖然最能穩定地排班，但相對地在時段方面非常缺乏彈性，千穗這些高中生也開始要面臨定期考試。

這麼一來，像真奧這樣的打工族便成了排班時的主要戰力，但打工族的人數，遠遠比不上打工的學生。

必須在學生的排班還能維持的這段期間錄用新人，並空出能夠教育新人的時間與人力，否則別說是新的營業型態了，甚至還有無法維持過去體制的風險。

平常的木崎，總是依靠絕妙的管理、令人驚訝的廣泛人脈、以及自身的體力克服缺乏人力的時期，但面對上層突然的決定，光靠木崎的力量實在無法解決這次的重擔。

「雖然這本來就是理所當然的，但目前店裡不限性別，同時也在招募年輕的女性人員。想必之後會來許多新人吧。所以要是你敢惹上什麼和女性有關的麻煩，跟小千吵架弄僵店裡的氣氛……」

下一個瞬間，真奧在日本第二次體會到死亡的氣息。

「我會讓你見識到地獄。」
「…………唔！」
已經連話都說不出來的真奧，只能挺直背脊敬禮。
「真是的。」
確認完真奧的恭順之意後，木崎像是為了轉換心情，抬頭看向店內的時鐘。
「然後，關於新人的部分。」
「是、是的。」
「光今天就有三場面試。按照預定，所有人都會在你有排班的時間過來。阿真今天的班都是在樓上的MdCafe，因此或許沒機會跟他們打到照面，但還是姑且通知你一聲。上午一個人，傍晚兩個人。」
「我會謹記在心！」
真奧最近都是在二樓的麥丹勞咖啡值班。
擁有通過公司審核的麥丹勞・咖啡師資格當然也是主因之一，但具備相同資格的千穗，反倒比較常在樓下的普通櫃檯工作。
理由有很多，例如純粹就個人能力而言，只要不是人潮太多的時段，真奧一個人就能勝任咖啡櫃檯。

千穗還是高中生，所以即使讓她負責咖啡櫃檯，也無法持續到晚上十點以後的營業結束時間。

再來更單純的一點就是，由於一樓的櫃檯會吸引較多顧客的注意力，因此安排女性員工值班會比男性員工適當。

除了打工面試以外，真奧還被交代了一些瑣碎事項。

「咦？沒有進乳酪蛋糕嗎？」

「你沒看新聞嗎？你之前難得請了長假。這段期間，因為製造乳酪原料的外國工廠發現雜菌，所以暫時不會進貨。」

「啊……是這樣嗎？我最近正好沒什麼空看電視……這下麻煩了，沒有乳酪蛋糕啊。」

「少了暢銷商品的確是很大的損失，不過這點光靠我們的力量也無可奈何。只能努力靠其他東西扳回一城了。也必須設法抬高秋季活動的栗子、芋頭和南瓜蛋糕的營業額。就反過來把這當成是推銷其他東西的機會吧。」

一個星期的空白，比想像中還要大。

短短一星期沒排班，特定漢堡使用的醬汁種類就不一樣了，而排班表上也開始出現陌生的名字。

雖說這幾天好不容易找回了工作的感覺，但這樣看來，未能參加外送實習這點，還是為真

奧心裡蒙上了一層不安。

當然不是所有員工都有參加實習，並非只有真奧打算直接上陣。

雖然在新業態正式開始前，還有充足的實習機會，但事前能做的準備當然是愈多愈好。

「如果是用GYRO・ROOF走崎嶇路面、上樓梯或是丟火焰瓶的方法，我倒是都已經親身體驗過了。」

站在二樓的咖啡櫃檯前，真奧一想起未來的事情就開始感到憂鬱。現在時間還早，會來咖啡櫃檯的客人也不多，讓他忍不住開始思考一些多餘的事情。

「未來的事情啊……」

無事可做的真奧，一下確認冷藏庫內食材的保存期限，一下將各項用具的表面擦得亮晶晶，但這裡畢竟是經過木崎打理的店。

他不到三十分鐘就完成了這些工作，只能繼續心不在焉地等待客人上門。

『如果哪天你有那個意思，就把剛才那些話告訴艾米莉亞吧。』

他突然回想起鈴乃在艾夫薩汗露營時說的話。

『一直以來不斷堅持魔王和勇者的身分，有發生過什麼好事嗎！』

用不著千穗提醒，真奧也知道確實是沒發生過任何好事。這點是無庸置疑的。

雖然就算放棄固執也不一定就會發生好事，但千穗說的話非常有道理。

『對不起，給你添麻煩了。』

惠美在蒼天蓋的朝陽下說的話，重新浮現在真奧腦中。

真奧還沒有遲鈍到不曉得那是惠美坦率發自內心說出來的話。

惠美誠摯地想針對那一個月的事情，向真奧道歉。

將至今為止的所有事情都放在一旁。

「……不公平嗎？」

早在鈴乃詢問之前，真奧就已經下定決心，絕對不要告訴惠美魔王軍侵略安特．伊蘇拉背後的原因。

仔細想想，他就是在那個瞬間下定決心。

在剛與惠美重逢沒多久，千穗還不知道真奧等人的真面目的那段時期。

從Villa．Rosa笹塚的樓梯跌倒的惠美，曾流著眼淚向真奧宣告：

『你徹底奪走了我平穩的生活，我絕對不會原諒你！』

這對開始理解人類社會的真奧而言，是應該接受的事實，也是應該甘願承受的譴責。

然後，即使有了這樣的自覺，他心中仍同時產生當時入侵安特．伊蘇拉並不是一場錯誤的自負。

就像真奧之前告訴鈴乃的那樣，若將對方的悲劇與自己的悲劇放在天平上比較，他會以自

己為優先。

所以既然有這些嚴峻的事實在。

「……像至今那樣又有什麼關係。」

惠美是勇者艾米莉亞・尤斯提納，無論走到哪裡都是惡魔的敵人。

真奧是魔王撒旦，無論走到哪裡都是惠美這些安特・伊蘇拉人的敵人。

真要說起來，日本的生活只是離開原本比賽會場的場外戰。原本應該演變成場外亂鬥，但在牽扯上許多事情後，卻變成了場外合作。

儘管承認這讓人感到奇妙地舒適，但所有人也都在心裡做好了覺悟，這是個只要有什麼巨大的契機，就會崩潰的脆弱環境。

就算這次的事件成為那個巨大的契機，也沒什麼好不可思議的。

『這也是我身為「新生魔王軍」元帥所上奏的諫言。』

『真奧哥，不是自己指名遊佐小姐的嗎？』

「啊啊啊啊夠了！」

『我會讓妳見識新的世界。』

「我到底想怎麼做，又該怎麼做才好。」

「真奧哥，你在吵什麼啊？」

「唔哇！」

因為過去的聲音在腦中迴盪而混亂的真奧，在聽見千穗還有些不悅的聲音從旁邊傳來後，不禁整個人跳了起來。

「小、小千？怎、怎、怎麼了？」

「不，我才想問真奧哥怎麼了？你好像在嘟囔著什麼？」

「呃，那個……」

難道自己剛才將煩惱說出口了？

突然清醒的真奧環視周遭，從咖啡廳的客人並未特別注意這裡來看，他說話的音量應該沒有很大。

「沒、沒什麼。話說有什麼事？」

「呃……我只是來傳話而已。有客人來找真奧哥。」

千穗雖然看起來不太相信真奧的回答，但還是先將這件事擱在一邊，指向樓梯的方向。

「客人……？」

真奧跟著千穗的視線抬起頭，然後發現意外的人物。

「不好意思在您工作的時候跑來打擾，魔王大人。」

明明外面已經變涼很多，拿著茶色信封袋的蘆屋，依然滿身大汗、氣喘吁吁地站在那裡。

「害我嚇了一跳，我差點以為你是來應徵打工的呢。」

真奧在更衣室裡摸索自己的行李，同時說道。

「真的非常抱歉。不過狀況緊急，一刻也不容拖延。我晚點會向木崎店長道歉……」

「啊，不用擔心，那邊交給我道歉就好。喔，找到了。拿去。」

真奧從包包裡拿出全新的折疊式手機交給蘆屋。

由於真奧的舊式Thu-Ka手機（註：暗指日本的Tu-Ka手機）已經在安特．伊蘇拉親征中壞得慘不忍睹，因此這臺擁有銀色流線型外殼的手機，是真奧用惠美的錢，透過機種變更方案買回來，能適用現代系統與服務的新手機。

一從當時的事情聯想到惠美與千穗剛才說的那些話，真奧的表情就逐漸變得陰暗。

雖然不知道蘆屋是如何解讀那副表情，但總之他一臉愧疚地低著頭收下手機。

蘆屋帶來的茶色信封袋內，是以真奧名義辦的信用卡契約書。

他之所以來這裡，是為了說明被隔離在某個未知場所的漆原，正處於手中同時有筆電和網路的危險狀態，以及拜託真奧辦理停卡的手續。

「如果現在花時間打電話給信用卡公司辦手續，我可是會被罵的。你先把手機帶回去用網路確認使用狀況，如果真的不妙就直接辦手續。雖然這麼做不太好，但我記得也能用手機的網路暫時停卡，要是覺得有危險，你就這麼辦吧。」

「萬分感謝。謹借您的手機一用。」

「你知道怎麼用吧？」

蘆屋平常幾乎沒機會接觸最新的電子儀器，因此真奧有點擔心他是否真的有辦法在網路上完成信用卡的手續。

「我會邊看說明書邊努力。要是真有什麼萬一，我會聯絡貝爾或鈴木小姐幫忙。」

「鈴乃應該是幫不上忙。至於鈴木梨香……因為我的手機不是docodemo而是ae，不曉得會不會有影響。而且我想她現在也應該正在上班。」

「基本上我會靠自己努力，不過這總比讓不擅長電子儀器的我，隨便操作要來得妥當。」

「唉，只能祈禱漆原沒蠢到那種程度了。」

「在這方面，我實在完全無法信任他。」

蘆屋乾脆地放棄對漆原的信賴，讓真奧不禁笑了起來。

「唉，話雖如此，總不能因為這點小事就慌慌張張地使用魔力。」

「您說得沒錯。正因為現在恢復了魔力，才更有所體悟，在這個國家生活，就算有魔力也完全派不上用場。」

真奧完全同意蘆屋的話。

剛來到日本，在身無分文的狀態下展開現在的生活時，真奧和蘆屋就不知道感嘆過幾次，要是能用魔力點火就不用繳瓦斯費，要是能有水就不必付水費，要是能讓家電動起來就不必付電費。

然而事到如今，就算實際帶著魔力回到日本，也無處可用。

只要一打開水龍頭就有水，只要用手指調整就能產生適合料理的火焰，或自由地調整溫度。方便的通訊機器和家電，只要插上插頭就會適當地運轉。

在食衣住行都獲得滿足的現在，根本就沒什麼事情會讓人想特地使用魔力這種貴重的生命能源。

一從安特·伊蘇拉回來後，真奧馬上就開始得意洋洋地出門打工，蘆屋也和以前一樣送他出門。

看見真奧出門上班的樣子，鈴乃曾苦笑地說：

『我就覺得會是這樣。』

無論鈴乃、千穗還是惠美，所有知道真奧真面目的人，都不認為真奧和蘆屋會用魔力危害日本或地球的安全。

當然他們本人也沒這個打算。

他們絕對不是因為害怕志波或天禰，而是因為不只真奧，就連蘆屋的內心，對「征服世界」的看法也產生了極大的變化。

結果即使難得取回全盛時期的魔力，真奧和蘆屋也只把魔力濃縮並固體化後，就用保鮮膜和報紙包一包，放到魔王城的陰涼處，亦即壁櫥裡保管。

他們本來考慮比照之前處理法爾法雷洛魔力的方式，放到冰箱裡面，但這次的魔力總量實在高出太多，而且千穗和阿拉斯・拉瑪斯也可能會吃到魔王城冰箱內的東西，所以才駁回了這個提案。

由於真奧和蘆屋龐大的魔力在實體化後變得非常巨大，因此徹底占據了壁櫥的第二層，就結果而言，漆原的私人空間就這樣在本人不知情的情況下消失了，但這又是另一回事了。

蘆屋將手機放進自己的褲子口袋，重新端正地行了一禮。

「那麼，我就此告退。請您工作加油。」

「喔。」

蘆屋正要走出員工間時，突然像是想起什麼似的回過頭說道：

「啊，還有，魔王大人。」

「嗯？」

蘆屋一如往常地，對邊將包包塞進櫃子邊回過頭的真奧說道：

「雖然我不知道發生了什麼事，但請您早點和佐佐木小姐和好。」

「嗯啊？」

真奧不自覺地將包包弄掉在櫃子裡。

「你、你怎麼……」

「因為實在太明顯了。佐佐木小姐目前可說是我們在日本的生命線，而她的心情狀態，大部分都取決於魔王大人的行動。您也差不多該有所自覺了。我先告退了。」

「……」

真奧還來不及回答，蘆屋就以眼神行了一禮離開。

「啊……不好意思……在百忙之中……」

門的另一邊，隱約傳來蘆屋向木崎或其他人道歉的聲音。

直到那道聲音消失後，真奧才總算重新撿起包包。

「唉~~~~」

真奧煩惱地抱著頭，當場蹲下。

「唉……沒用。我真是沒用。振作一點啊。」

真奧用拳頭敲打自己的腦袋，重新調整凌亂的呼吸。

「我到底在幹什麼啊。」

「你在幹什麼啊。」

「咦？」

正當真奧因為心腹的發言，反省自己不曉得該說是不成熟、天真還是怠慢的部分時，走進員工間的木崎，以狐疑的眼神看著他。

「家裡的問題，有這麼嚴重嗎？」

「啊，不，不是這樣的……」

某方面來說確實是非常嚴重。

「那麼，你差不多該回去工作了。上面的客人開始變多囉。我把小千留在那裡了，暫時就交給你們兩個處理。知道了嗎？」

「咦？」

木崎說完後，沒等真奧回答就關上門。

真奧愣了一下後──

「……哼！」

馬上用手掌從兩側拍打自己的臉頰，重新振作。

「首先要解決眼前的工作！」

真奧衝上二樓後，發現櫃檯前已經排了不少人。

「抱歉，久等了。」

「嗯！」

千穗雖然勉強完成了點單，但還是來不及處理所有的工作，直到真奧加入後，排隊的人潮才開始順利移動。

「佐佐木小姐，榛果糖漿用完了。可以麻煩妳趁現在去拿過來嗎？」

「我知道了！」

完成這批客人最後的點單後，真奧對千穗下達指示，然後一次處理三份點餐。

千穗趁這段期間跑到樓下的倉庫，拿了備用的咖啡糖漿回來。

到了將近中午時分，店內開始正式湧入人潮，真奧和千穗展現出彷彿剛上班時根本沒吵架過般的默契，完美地接待MdCafe的客人。

雖然經常有人以為MdCafe最忙的是在午餐時段和下午茶時段之間，但想避開樓下一般櫃檯人潮的客人，或是以女性為主，打算靠輕食解決午餐的客人需求量也不小，所以蛋糕和司康餅等簡單的甜食自然不在話下，就連熱狗和三明治也十分暢銷。

幡之谷站前店從以前開始就不只平日，連像今天這樣的週末或國定假日，都會擠滿假日出勤的上班族或攜家帶眷的客人。

MdCafe開始營運後，反倒是週末的客人變多，今天的人潮也一直等到下午茶時段的下午三點以後才逐漸平息。

好不容易能喘口氣的真奧和千穗，不自覺地在櫃檯內望向對方。

「人潮還真多呢。」

「就是啊。不過上星期真奧哥不在時，也是差不多這麼多人呢。我上個星期和木崎小姐一起值午餐時段，真的很辛苦呢。」

「有木崎小姐在還很辛苦啊，看來真的是很不得了。」

看在真奧眼裡，尖峰時段的木崎就像是三頭六臂的阿修羅下凡，她不僅能同時處理各種工作，還會以比監視攝影機還要精密的程度監控整間店的狀況。

「若就這樣開始提供外送服務，應該會很淒慘吧。」

「嗯……真奧哥。」

像是為了逃避千穗抬頭望向這裡的視線般，真奧偏過頭，刻意重新調整帽簷的角度。

「所以啊……呃，那個，該怎麼說。雖然或許已經來不及了……但下次見面時，我會好好和惠美談一下。」

「！」

「不過，妳可別太期待喔。基本上那傢伙以前的時薪可是一千七百圓，或許她早就已經找到待遇更好的工作，再加上我之前才說出那些話，或許會直接被她趕走也不一定……」

「嗯！」
千穗瞬間從剛度過尖峰時段的疲憊，轉變為神采奕奕的表情。
「那個，坦白講，我也不知道我們和惠美的關係，將來會變得怎麼樣。」
「嗯！」
「現在，只能先集中精神做好眼前的事情。感覺我最近思考未來的能力，似乎有點變弱了。」
「因為，真的發生了很多事情呢。」
「嗯……所以，唉，既然想很久以後的事情也想不出什麼結論，總之還是先想想該如何度過困難的明天吧。」
「……！」
千穗像是因為真奧這句話想起什麼似的，抬起眉毛睜大眼睛。
「怎、怎麼了？」
「啊，不，沒什麼……欸嘿嘿。」
「不、不過我話先說在前頭，妳真的別太期待喔？我可是完全不認為惠美會答應我的邀請！」
「關於這部分，或許真的是這樣也不一定。不過……」

千穗露出開心的微笑，並自然地輕聲說道：

「未來，就是透過累積今天和明天而成的啊。」

「嗯？」

「不，沒什麼。」

再說下去，或許又會害真奧思考起多餘的事情，視情況而定，或許還會惹他不高興也不一定。

所以，千穗不打算再繼續談論這個話題。

即使如此，千穗仍然相信。只要真奧和惠美每天持續靠近彼此，總有一天魔王與勇者不再互相殘殺的世界一定會來臨。

「可是，真希望遊佐小姐能來店裡呢。感覺好像會很開心。」

「不……唉，應該會變吵吧。」

真奧無法破壞千穗純真的想法，只能隨口敷衍過去。

「啊，不過如果變成那樣，新人實習絕對會由真奧哥負責吧？」

這個問題，讓真奧忍不住嚇了一跳。

「咦？為什麼？除了我以外，應該還有很多人能勝任吧？」

一旦接下新人實習的工作，就幾乎必須貼身待在那位新人身邊。

包含千穗在內，真奧已經指導過許多新進的打工人員，但光是想到要教惠美什麼事情，就讓他覺得未來應該會背負許多壓力。

「真奧哥應該逃不掉吧？畢竟你是時段負責人，排的班又最多，再加上木崎小姐又知道你們認識。遊佐小姐曾以客人的身分來過幾次，我想應該也有人還記得她喔？怎麼想應該都是會指定真奧哥負責吧。」

千穗冷靜又確實的分析，讓真奧開始流著冷汗拚命搖頭。

「不不不，還是算了。我都忘了考慮實習的事情。光是跟那傢伙一起進行新人實習，就會大幅削弱我的精神。果然還是算了。她不用來沒關係。那傢伙還是適合其他比較好的工作。嗯。」

「討厭啦！真奧哥！」

「吶，我是說萬一喔。萬一惠美真的來我們店裡，拜託妳，小千，請妳代替我指導她實習吧。比起由我來教，讓小千教她一定會比較沒壓力和有效率。」

「我怎麼可能有辦法扛起指導新人的工作呢。放心吧。要是真有什麼萬一，我會好好幫你們勸架。」

「已經確定我們會吵架啦！」

「總之，真奧哥，我們約好囉！姑且不論遊佐小姐會不會答應，你可要好好說明理由，介紹工作給她喔。」

「啊～～真不該一時佛心！或許還是拜託鈴乃或諾爾德比較好。」

「討厭啦！」

若惡魔真的產生那種心，即使是被認為個性溫和的佛祖，或許也會動怒呢。就在兩人聊著這些事時，木崎突然上樓。

「阿真，現在方便嗎？」

「啊，是的。」

真奧點頭走出櫃檯。

「看來小千的心情變好了呢。嗯？」

「別、別再提這件事了啦。」

看見千穗徹底換了個開朗的表情，木崎刻意對真奧露出揶揄的笑容。

「算了。我早上跟你說過下午有面試，而其中一個人已經來了，我暫時不能值班。請小千下樓幫忙吧。還有，今天晚餐時段的人手比較少，等面試結束後，我就會上樓。希望你能提前先去休息一下。今天晚上可是完全抽不出時間休息喔。」

「我知道了。佐佐木小姐，木崎小姐請妳回去樓下！」

「啊，好的！我知道了！」

千穗一被叫到，就精力充沛地回答。

「對了，真奧哥，你今天的休息時間快到了吧？」

「咦？嗯。」

「我已經把前陣子參加外送實習時做的筆記放在員工間裡了，不介意的話，晚點可以拿去看。」

「咦？可以嗎！」

真奧的眼神，因為千穗的提議變得充滿幹勁。

「嗯，那原本就是為了讓真奧哥看，才做的筆記。」

在真奧、鈴乃和艾契斯去安特·伊蘇拉旅行的這一個星期。

千穗參加了兩次麥丹勞外送的實習。

雖然當然有一部分是為了自己的工作，不過背後的主要原因，還是為了協助想參加外送實習的真奧，所以這對真奧而言，可說是求之不得的提議。

「謝啦！我會心懷感激地閱讀！」

「嗯，那我先走了！」

千穗滿足地下樓，真奧也意氣風發地回到咖啡櫃檯。

「他們的關係，還是一樣讓人搞不懂呢……」

看著這兩道年輕的背影，木崎獨自皺著眉頭，困惑地雙手抱胸。

雖然還是下午四點這種不上不下的時間，但真奧吃完實質上的晚餐後，便開始看起千穗以工整的筆跡寫下的筆記。

「感謝！」

儘管本人不在，真奧還是先雙手合掌對筆記膜拜了一下，等再次確認手沒弄髒後，才開始翻頁。

打從第一頁開始，真奧就為千穗這適度以不同顏色統整起來的頁面感到佩服。

只要看過這些隱約透露出千穗認真個性的文字，就會發現這是本用螢光筆和紅、綠原子筆分色將重點標示出來，非常好讀的筆記。

筆記內隨處可見的插圖，似乎是參考了千穗本人的造型，千穗利用一名綁著雙馬尾的女孩頭像和對話框，記下自己的感想。

沒有機車駕照又無法申請駕照津貼的千穗雖然有參加實習，但主要內容與其說是外送，不如說和店內業務比較有關。

應對電話的基礎、外送特有的包裝方式、使用和管理信用卡刷卡機的方法，以及外送商品

現做所需的時間，全都被詳細地記在筆記本裡。

特別是應對電話的部分，占了相當的篇幅。

除了必須正確聽清楚客人姓名、住址跟電話號碼等基本事項外，就連優惠券的有無，因為店內繁忙造成外送時間產生差異的說明，以及活動商品的營業話術等，都被詳細地指定。

在實習現場，似乎還要實際按照這份說明進行發聲練習。

『不過，感覺不能只是背下這些內容。』

可愛版的千穗述說自己的感想。

『正因為看不見客人的臉，所以對話時如果不小心用了僵硬的語氣，反而會為客人帶來不好的印象。』

「說得有道理。」

像是在和不在場的千穗對話般，真奧用力點頭。

接電話和隔著櫃檯接待客人，在狀況上最大的不同，果然還是看不見對方的臉。

換句話說，客人們也看不見這邊的臉。

這麼一來，如果應對上只是照本宣科地念稿，反而可能會給對方一種像是在處理公務的冷淡印象。

「要比平常更注意自己的言論。更何況接電話的人，很可能和外送人員是不同的人。」

即使接電話的人態度親切，一旦到客人家的外送員表情與聲音都很僵硬，還是會讓整間店與商品的印象變差，反之亦然。

所有的員工都必須比以前更繃緊神經，否則這項外送業務或許會產生意外的陷阱。

真奧和千穗自不待言，即使不用特別提醒，所有受過木崎薰陶的舊員工，也都是些會自己思考與實踐的人才，但面臨這個以前所未有的速度招募新人的狀況，究竟新人們能了解這點到什麼程度，還是個未知數。

「啊，阿真。」

「喔，小川。」

此時，一名真奧的同事走進員工間。那人手上還拿著對面書店的紙袋。

「休息時間？」

「嗯，去外面，買書。」

這位被真奧與木崎稱做「小川」的男子，本名是川田武文。

他是個身材高大，個性木訥的人。雖然講話的方式有點奇特，但是個和真奧一樣能兼任廚房與外場工作的全能員工，他非常擅長做漢堡，無論尖峰的午餐時段或晚餐時段再怎麼忙，「小川做的漢堡依然漂亮得像是從廣告裡拿出來一樣」，廣受真奧等人的好評。

或許是因為本人有自己獨特的美學，姑且不論這點是好是壞，就算是在尖峰時段，他做漢

堡的步調也不會改變，所以偶爾會讓人覺得他做事有點慢，但這也僅限於和真奧與木崎相比，木崎對川田工作的正確性與成品的完成度給予很高的評價。

雖然還是個大學生，但不曉得是不是因為一直維持優異的成績，他排班時不僅不會受到學校的考試行程影響，本人還擁有普通機車的駕照，被視為外送業務的主力之一。

「你在看什麼？」

「嗯，這應該算是外送實習的摘要……之類的東西吧。」

川田雖然對真奧拐彎抹角的回答感到納悶，但在看見筆記本封面上的字後，便用力皺起眉頭。

「嗯……原來如此。難怪小千前陣子參加實習時，看起來特別認真。」

「什、什麼啦。啊，話說小川平常就有騎車，所以是參加會用到機車的實習吧？可以告訴我你們都在幹什麼嗎？」

「……」

川田抿緊嘴唇，沉默地思考了一下真奧的請求。

「感覺有點不爽，所以不告訴你。」

「咦？」

「阿真還是稍微爆炸個兩三次比較好。」

「爆、爆炸是什麼意思？」

即使真奧曾經以魔王的身分，滿不在乎地承受以惠美為首的眾多人類謾罵，但仍沒想到會有同事叫自己爆炸。

真奧完全無法理解川田這句話的意思，探出身子問道。

「對了，阿真，你聽說孝太的事了嗎？」

川田以嚴肅的表情切換話題。

「咦？呃，不，我沒聽說。孝太怎麼了嗎？」

孝太是指一個比真奧和川田晚進來工作的大學生，中山孝太郎。

雖然立場上是後輩，但他與川田同年。孝太是個身材纖細、工作狀況普通的青年。基本上他的個性既認真又大膽，外表也俊俏到可以說有點像藝人，只要有他在，店裡的氣氛就會變明朗，在女性客人中頗受好評。

「他好像最快做到十二月就會辭職。」

「咦？真的假的？為什麼？」

川田帶來的情報讓真奧驚訝地探出身子——

「他今年大三。」

但馬上又像是被這句話打擊到般往後仰。

「唔……找工作啊……」

真奧將手抵在額頭上呻吟，然後在發現一件事後變得臉色蒼白。

「嗯？咦？那小川呢？你不是和孝太同屆？」

萬一不止孝太，連小川都一起離職，排班方面一定會陷入混亂。

對現在的真奧來說，「求職活動」是個比勇者艾米莉亞還令他害怕，又無法迴避的敵人。

「喔，我不用去找工作。」

「咦，是這樣嗎？」

「嗯，我大學畢業後要回老家繼承家業。雖說是老家，但也是在關東。」

「家業？你老家是做生意的嗎？」

「對啊。是間小餐廳。我姑且應該會以主廚為目標。」

「咦？那你大學也是念相關科系嗎？嗯？不過料理應該是念職業學校？」

同事意外的家庭狀況，讓真奧驚訝地將自己的家庭狀況放在一邊，開始產生興趣。

「唉，雖然我遲早會去考廚師執照，但大學念的是經營管理。儘管不是什麼了不起的大學，但還是專門在研究地區經營。我希望將來能靠自己店裡的力量，帶動當地的經濟發展。雖說我的老家在關東，但和市區有段微妙的距離，年輕人也微妙地逐漸減少。」

「喔……真了不起。」

雖然真奧無法順利地將「地區經營」和「主廚」連結在一起，但川田也不是那種會信口開河或虛張聲勢的人，在他心裡，這兩個概念應該是確實具備關聯。

「孝太本來很羨慕我沒特別做什麼，就決定了出路。不過繼承家業一樣需要很大的決心，考慮到後續的辛苦，整體來說應該和找工作差不了多少。我這麼說後，他就接受了。」

「這樣啊。這麼說來，小川最多也只能再待一年囉。」

「應該是這樣沒錯。真令人焦急。」

「嗯？焦急什麼？」

在剛才那些話當中，應該沒有什麼會讓川田感到焦急的事情，但真奧一問，川田就突然再度皺起眉頭，看向真奧手上的筆記本。

「那個。」

「嗯？這個？筆記本怎麼了嗎？」

「不是啦！我是指女朋友！」

「女朋友…………啊？」

真奧看著筆記本的封面，稍微思索了一下川田話中的意思後，表情僵硬地對川田說道：

「嗯啊啊啊啊啊啊？等、等等，小川！你在誤會什麼啊？我和小千不是那種關係……」

「我知道啦。不過，有些事就是知道才會生氣！」

「啊？」

川田以微微帶著怒氣的眼神瞪向突然狂叫的真奧。

「一般人根本就不會相信阿真和小千沒有在交往。因為小千不是偶爾會幫忙照顧阿真親戚的小孩嗎？如果沒在交往，應該不太可能做得到那種事。」

「喔……」

川田應該是在講千穗帶剛到日本不久的阿拉斯．拉瑪斯，來店裡的那件事。

除此之外，麥丹勞的員工們應該都沒看過真奧、千穗與阿拉斯．拉瑪斯一起出現的場景，但那件事果然還是為幡之谷站前店的員工們留下了巨大的衝擊。

「等等，等一下，小川。先把這件事情放在一邊，我們應該是在討論你為何會焦急吧？」

「平常過得太逍遙的阿真，或許無法理解吧。」

「拜託你別用這種與其說是話中帶刺，不如說是話中只有刺的說法啦！」

「不過對我來說，這可是足以左右往後人生的重要問題。我到現在還沒交到女朋友。」

「那、那會怎麼樣嗎……？」

「阿真，你覺得在員工只有父母的小餐廳工作，有辦法認識女孩子嗎？如果沒在學生時代找到女朋友，我說不定會沒辦法結婚啊！」

川田用剛買回來還沒拆封的書敲打桌面。

「嗯、嗯，這麼說也有道理。可、可是，現在不是有很多聯誼類型的活動嗎？」

「……阿真應該能夠理解，經營一間店有多麼辛苦吧？」

「喔、喔喔。」

真奧自認比誰都清楚經營一項事業有多困難。畢竟他好歹也是一個建立了多民族國家的國王。

「雖然這種話由宣告要找老婆的我來講也有點奇怪，但我認為結婚與其說是終點，不如說是起點吧？」

「啊，嗯，這麼說也有道理。畢竟兩人接下來得一起生活才行。」

「沒錯。不過一旦參加那種活動，感覺根本就沒有餘裕去摸索對方是不是能夠和你一起共度將來的對象。我實在不覺得自己能和那種從一開始就在互相打探對方條件等資訊的對象，一起打理店舖。」

川田某方面來說既冷酷又深入的分析，讓真奧不禁呻吟道：

「原、原來這個問題深刻到讓你必須想這麼多啊。雖然我只認識在店裡的小川，但你應該還有其他女性朋友吧？你和其他女性員工的感情不是也很好嗎？」

「我自己也覺得不可思議。」

川田露出有些自虐的笑容。

「我好像特別受有男朋友的女孩子歡迎。」

「喔喔……」

真奧已經不曉得該說些什麼了。

「無論課堂上、社團還是這裡，都有幾個關係和我還不錯的女孩子。她們經常以『謝謝你前陣子陪我商量男朋友的事情』為理由，送點心給我呢。我甚至還曾經認真考慮過當心理輔導員，到買函授的書來看的程度呢。」

「可、可是，這表示你是個會讓女孩子想要依靠的人吧？我相信將來絕對會有女孩子發現你的優點！」

「雖然這種話由阿真來講，感覺一點安慰的效果也沒有，但我還是跟你道個謝吧。唉～我好恨被可愛的巨乳高中女生喜歡的同事喔。」

「喂！你這是什麼話！」

儘管真奧也不是不曾在只有男性員工的時候，和他們不負責任地聊些評論女性的話題，但在平常個性認真的川田和甚至不是人類的真奧的對話中，居然會蹦出「巨乳」這個詞，仍然是非常極端的特例。

「我不是想找你碴，只是基於興趣問一下。」

「無論哪種都很惡質吧！」

「對方都表現得這麼明顯了，難道你就沒想過和她交往嗎？小千是個好孩子。阿真應該也不討厭她吧？」

當然這件事不用川田說，真奧本人也非常清楚。

儘管只有當時在場的人知道，但千穗的確曾經對真奧告白過。

真奧本人，也將千穗視為唯一一個能夠打從心底信賴的人類。

當時目睹告白現場的鈴乃，也曾經催促真奧差不多該給人家一個答覆，真奧也知道目前這種別說是保留答覆，就連該不該回答都不明確的狀態，對千穗並不誠實。

即使如此，就算是這樣，真奧還是無法在內心做出結論。

對千穗的告白做出回答，究竟代表什麼意義。

一想到因此產生的改變，會對將來的自己與千穗之間造成什麼影響，他就變得愈來愈無法回答。

「我……」

真奧看著手上的筆記本，反覆思考剛才和川田的那段對話。

「我的狀況，或許和小川相反。」

「相反？」

「即使先將小千的事情放在一旁，我也要有件想要完成，但希望盡可能不讓別人被捲入的

事情。」

「被捲入？阿真，你不是曾說想透過轉任制度，當上正式職員嗎？」

「嗯，不過，是在更之後的事情。」

「喔，看來你也有自己的想法呢。轉任正式職員後才能做的事，是想當加盟店店長嗎？」

「不，這種事如果自己的資金不夠充裕，會很辛苦吧？我和小川不同，對經營一竅不通，而且光是三十五萬圓，就夠讓現在的我嚇得要死了。」

「三十五萬圓是什麼意思？」

「不，是我這邊的問題。唉，總而言之，我有我的野心，而且希望極力避免像小千這種過著普通生活的女孩子被捲進來。」

「喔？我是聽不太懂啦。」

川田雖然看起來無法接受，但也沒繼續追問下去。

儘管還沒找到所有的答案，但真奧也透過與川田的對話，將自己心中模糊不清的部分，稍微整理了一下。

不想讓千穗被捲進自己的生活方式。

就某方面而言，這是真奧真實的想法。

他原本就是魔界的魔王。在千穗得知真奧等人的真面目後，真奧不惜借助宿敵惠美的力量，也要努力避免讓千穗遭遇危險，但即使如此，千穗還是面臨了好幾次生命危險。

真奧實在無法讓即使知道一切，依然願意喜歡自己的千穗，再更加接近自己。

除此之外，聳立在真奧與千穗之間的，是名為世界與種族的牆壁。

只要努力找理由，再多費一點工夫，或許還有可能跨越世界之壁，但唯獨種族之壁，是絕對無法跨越的障礙。

真奧無法和千穗一起變老。

種族之間難以跨越的壽命差距，遲早會化為致命鴻溝為千穗帶來傷害，這點並不難想像。

無論再怎麼思考，真奧都無法回應千穗的感情。

「……嗯？」

然而思及此處，真奧才從自己的想法當中察覺到微妙的異樣感。

總覺得自己似乎遺漏了什麼。自己的想法中有某個不合邏輯的部分。

可是在思考那是什麼之前——

「啊，時間到了。」

不知不覺間，休息時間已經在他和川田閒聊的過程中結束了。

「那我先走了。」

「我也晚點就會回去。」

將千穗的實習筆記收進櫃子後，真奧重新戴上帽子，向川田打聲招呼便衝出員工間。

「啊，小千，妳的筆記在我櫃子裡。我記得妳今天已經可以下班了吧？」

真奧向正好人在櫃檯的千穗搭話。

「我沒關係，不介意的話，今天就請把它帶回家吧。改天再還我就好。」

「是嗎？不好意思。那就這麼辦吧。」

真奧道完謝回到樓上時，碰巧和木崎對上視線。

「真慢。差點就過打卡時間了。」

「對不起，我稍微和小川聊了一會兒。」

在木崎的提醒下，真奧慌慌張張地打休息時間結束的卡。

「……聽說孝太要辭職了。」

「喔，這件事啊。」

真奧的問題，讓木崎的表情稍微蒙上一層陰影。

「這也是無可奈何的事情。總不能讓打工束縛他的人生。正因為如此……」

現在是下午五點。木崎望向收銀機顯示的時間，然後像是要提振精神般，將手插腰做了個深呼吸。

「我們才必須找到不輸孝太的新人。下一場面試預定五點半舉行。我得好好鼓起幹勁。」

木崎吐了口短而有力的氣。

「這樣反而讓負責面試的我們也很緊張呢。」

木崎似乎也以她的方式，對目前的狀況感到緊張。

關於今天已經結束的兩場面試，木崎並沒特別說什麼，真奧這些員工也沒聽到什麼消息。

雖然過幾天就會知道結果，但真奧他們也只能祈禱會有好的新人加入。

「那麼，我先走了。接下來二樓都交給阿真負責，這裡的事情就拜託你了。」

「我會加油。」

真奧將手放在帽簷上行了一禮，目送木崎離開。

現在已經快到晚餐時間，正當真奧打算再重新檢查一次晚班需要的食材時。

像是接替木崎般，千穗居然衝上了二樓。

或許是因為下班了，千穗身上穿的不是制服而是便服，她莫名慌張地衝到咖啡櫃檯。

「真、真、真、真、真、真、真、真！」

「怎、怎麼了，小千？」

千穗維持衝撞櫃檯的姿勢，將身子探向真奧，一面連喊著「真」，一面指向樓梯的方向。

「真、真、真奧哥，真奧哥剛才休息的時候，有打電話嗎？」

「咦？沒、沒有啊？我只有吃飯和看小千的筆記，後半幾乎都在和小川聊天……」

不明白千穗為何慌張的真奧，在驚訝的同時試著回想自己剛才休息時的行動，千穗像是無法接受似的一臉困惑。

「咦？可是，那剛才的是……咦咦？為什麼？為什麼會這樣？」

千穗一反常態地陷入極度混亂。

別說是面對魔王了，到底是發生了什麼事，讓即使面對生命之樹的守護天使或馬勒布朗契的頭目，仍不改堅毅態度的千穗變得如此狼狽。

「難不成，是沙利葉終於幹下什麼蠢事了嗎？」

木崎才為了面試下樓幾分鐘，千穗就如此慌張地跑上來，真奧唯一想得到的可能性，就只有對面的生意對手，以店長身分留在肯特基炸雞店的大天使沙利葉，對木崎做出了什麼粗暴的舉動。

「不不不不不不不是，不是啦！」

然而千穗卻以彷彿要將腦袋甩出去的氣勢全力搖頭，快速地從櫃檯內環視客席。

「真、真、真、真奧哥，你現在有什麼做到一半的工、工作嗎？沒有對吧？客人們看起來也沒事！陪、陪我去樓、樓下一趟！」

樓下又不可能有領主出巡，千穗不知為何慌張地隔著櫃檯拉住真奧的手臂，想就這樣將他拉出來。

「好痛，好痛，等等，小千！我知道了，妳先放手！我過去就是了！」

真奧安撫著像是要把他從櫃檯上方拉出來推到樓下似的千穗，重新確認二樓沒有客人要追加點餐後，才跟在千穗後面下樓。

「請、請你快點過來！」

「小千，看前面，小心在樓梯上跌倒……到底怎麼了？」

即使下樓，客人座位那裡感覺也沒什麼異常，此外別說是看見沙利葉掀起騷動了，他根本就沒來店裡，櫃檯和廚房也沒有出現異狀。

「真、真、真奧哥，那裡，那裡！」

「什麼？到底……」

千穗發現真奧看錯方向後，拉著他的手臂指向入口。

真奧一困惑地看向入口，就發現木崎正在和人說話。

木崎拿著員工專用的帽子，正在替某人帶路。或許對象就是今天最後一個來面試打工的人也不一定。

從時間上來看，川田應該還在員工間，所以面試應該會在和店鋪不同棟的店長室舉行。

「嗯？」

「真奧哥……那個人……」

真奧突然發現有點不對勁。

他對那個向木崎行禮的背影有印象。

「真奧哥，我沒看錯吧。那個，因為，可是，為什麼？」

豈止是有印象而已。

那不正是真奧與千穗都很熟悉的背影嗎？

若單純在店裡看見那個人，倒也沒什麼不自然。畢竟對方也以客人的身分來過這裡幾次。

然而不知為何，那人正與木崎聊得非常熱絡，而且木崎正打算帶那人去店長室？

難道她不是客人嗎？不帶她去櫃檯點餐和幫她帶位真的沒關係嗎？

「…………！」

和千穗不同，真奧啞口無言。

他完全不知道自己該說什麼，只覺得腦袋一片空白，任由千穗搖晃自己的手。

準備和木崎一起走出店門口的女性，突然轉頭望向這裡。

在發現有兩名員工呆站在店中央後，她有些尷尬地微笑，只對千穗輕輕揮手，然後就跟在木崎後面走到店外。

「惠……惠美……」

「就是啊！剛才那個人，是遊佐小姐對吧？」

今天最後一名來參加打工面試的應徵者——遊佐惠美，就這樣當著真奧與千穗的面，與木崎一起從他們的視野中消失。

※

「惠惠惠惠惠惠美！妳這傢伙！」

「你一回來就在鬼叫什麼啊。」

工作結束回到Villa・Rosa笹塚二〇一號室的真奧，毫不客氣地指向位於房間正中央，像是理所當然般的與蘆屋、鈴乃、千穗一起等待真奧回來的惠美。

「妳啊……！」

話才說到一半，真奧就整個人僵在玄關。

「魔王大人，歡迎回來。您工作辛苦了。請先進來再說。」

蘆屋同情似的催促真奧，後者顫抖著嘴唇，一動也不動。

「看來他受到很大的打擊。」

「那是當然的。我也是真的嚇了一跳。」

鈴乃和千穗也互望彼此點頭。

「小、小千，那個，我說啊。」

「是的。啊，我有確實取得家人的同意。今天會借住在鈴乃小姐那裡。」

千穗說完後，指向鈴乃房間的方向。

「不，不對，雖然這也很重要，但現在的重點不是這個，妳、妳，末班車……」

牆壁的時鐘顯示現在已經是深夜十二點半。

真奧直到十二點打烊後才下班，所以已經算是用衝的趕回來了，但惠美和千穗都像是預測到真奧的行動般，已經事先在這裡等待。

真奧混亂到最後，只能交互看向時鐘與惠美。

「我今天也要住爸爸的房間。」

惠美若無其事地指向榻榻米。

「啊，魔王，還有一件事。之前欠你的一個星期分的薪水，剩下的部分我已經交給艾謝爾了，你晚點確認一下。這樣就只剩下機車了，拜託你快點做決定吧。另外，欠你的部分我已經全都還清了，可別想用機車向我收利息啊。」

「喔、喔……等等，咦？已經還清了？」

差點就這樣坐倒在玄關的真奧，勉強用手撐住牆壁，看向蘆屋，後者也以微妙的表情，拿出一個白色信封給真奧看。

「妳、妳這樣，這個月的生活費沒問題嗎？」

即使扣掉機車的部分，真奧對惠美請求的金額也還有二十幾萬圓。

惠美在這麼短的期間內就還完欠款，反而讓真奧擔心起她的財務狀況，但惠美毫不在乎地點頭。

「別太小看時薪一千七百圓。就算扣掉這點，我平常也不會亂買東西。只要不是太高級的款式，就連機車的錢我也能用現金付。」

「居然講得這麼有餘裕……不愧是艾米莉亞，無論再怎麼落魄，終究還是勇者。」

「我真搞不懂你對勇者的標準！」

真奧全力吐槽發自內心對惠美從容的發言感到佩服的蘆屋後，做了個深呼吸讓自己冷靜下來，然後脫掉鞋子走進屋內，表情僵硬地坐到惠美旁邊。

看見真奧那個樣子，千穗和鈴乃忍不住偷偷互望一眼，露出笑容。

「怎樣啦。」

「不，話不是這麼說的吧。妳這到底是什麼意思？」

「所以我才問你怎樣啦。」

「我說啊！」

惠美刻意裝傻地反問。

真奧敲著榻榻米，幾乎是用喊的問道：

「妳為什麼跑來應徵我們店裡的打工啊！」

「喂，很晚了，拜託你安靜點，這樣樓下會很吵。萬一吵醒阿拉斯．拉瑪斯怎麼辦。」

「妳說什麼？」

惠美依然維持游刃有餘的態度，讓真奧激動得脹紅了臉，即使如此，一聽見阿拉斯．拉瑪斯的名字，他還是只能心不甘情不願地將手從榻榻米上移開。

「木崎小姐她啊！」

「店長小姐怎麼了嗎？」

「她說今天來面試的三個人，全都錄取了！妳接下來……」

「咦？真的嗎？太好了！」

比起參加面試的惠美，千穗似乎更為真奧的話感到激動，開心地站了起來。

「遊佐小姐！這樣我們以後就能一起工作了！太好了！」

千穗忍不住衝向旁邊的惠美抱住她。

「我也很高興能有像千穗這樣的前輩喔。妳可要多多指導我喔。」

「艾米莉亞，恭喜妳這麼快就找到新工作。這樣我也放心了。」

「不好意思，讓妳擔心了。晚點也得通知梨香和艾美才行。」

「喂、喂，你們幾個給我等一下！」

儘管被千穗的氣勢壓得稍微後退了幾步，真奧仍不願退縮。

「等一下！先讓我說完話！」

「怎樣啦。事情已經結束得差不多了吧。我已經對貝爾、艾謝爾跟千穗都說明過了，你之後再隨便找個人問吧。等正式接到店長小姐打來的錄取電話後，我就要開始在那間店工作了，請你別妨礙我。」

「那是我要說的臺詞！」

真奧激動地說著，但因為抱著惠美的千穗正對他投以若有所指的視線，因此聲音裡缺乏魄力。

「喂、喂，惠美，拜託妳告訴我。妳到底為什麼要來我們店裡應徵。話先說在前頭，實習人員的時薪只有八百五十圓喔？只有妳原本時薪的一半喔？妳真的沒關係嗎？」

雖說進展得不怎麼順利，但真奧原本真的是打算如果有機會，就要像先前告訴千穗的那樣，介紹麥丹勞的工作給惠美。

他怎麼都沒想到，惠美會在他開口之前，就主動去應徵這份工作。

「唉……」

惠美嘆了口氣，同時輕輕鬆開千穗抱住她的手，看著千穗和鈴乃苦笑。

真奧用眼角看著三位女性的動作，然後發現蘆屋不知為何，也露出了與惠美類似的苦笑。

「魔王。我重新再說一次，前陣子的事情，我是真的很感謝你。」

「……啊啊？」

惠美過於唐突的發言，讓真奧驚訝得睜大眼睛。

「我也向千穗和梨香道謝過很多次了。另外也跟艾美和艾伯說清楚了。我……」

惠美稍微抬起頭，眺望整個房間，然後以平靜的眼神，環視Villa・Rosa笹塚二〇一號室的魔王城。

「喜歡在這個房間和大家一起吃飯的那段時光。」

「……」

「雖然我不知道你有沒有這個打算，但就結果而言，我、阿拉斯・拉瑪斯跟爸爸，都從安特・伊蘇拉的各種束縛獲得了解放。雖然經歷了一些辛苦的過程，但無論人類還是惡魔，都因此免於絕望。一切全都是託你的福。」

「喔、喔……呃，那個……嗯。」

真奧尷尬地維持坐姿，稍微與惠美拉開距離。

惠美過去有像這樣以平靜的心情，跟真奧說過話嗎？

真奧忍不住轉頭看向玄關的角落，就連之前將「那個」交給他之時，惠美都不曾表現出如此溫暖的樣子。

就在真奧這麼想著時——

「不過。」

惠美的語氣突然變得強硬。

真奧不自覺地將臉轉回正面，發現惠美正以嚴肅的表情看向這裡，真奧在與她對上視線後，不禁倒抽了一口氣。

「正因為如此，我才不能依賴你的好意。因為，我果然還是無法原諒你將我和爸爸的人生搞得一團亂。因為你……果然還是我的敵人。」

「嗯、嗯。妳說得沒錯，嗯。」

真奧也跟著以微妙的表情點頭，不曉得惠美接下來要說什麼的他，在視野的角落發現了鈴乃。

雖然覺得不太可能，但鈴乃該不會洩漏了真奧當時「告解」的內容吧？

不過鈴乃不曉得是注意到真奧的視線，還是注意到但刻意無視，她就只是靜靜地聽著惠美說話。

「前陣子，雖然你刻意當著爸爸的面要我還錢……但其實你原本就沒打算跟我拿那麼多錢吧？」

「咦？呃，那個……小、小千？」

「我什麼都沒說喔。」

千穗也以和鈴乃一樣平靜的表情搖頭。

「意思就是，你那幼稚的膚淺想法，打從一開始就被看穿了。」

鈴乃接在千穗後面說道。

「你之所以演出那場蹩腳戲，是為了等我說出『我怎麼可能接受這種亂來的要求』對吧？然後只要我一這麼說，你就能趁機要我去應徵麥丹勞的工作，對不對？」

「呃……那、那是因為……」

「真奧哥！」

千穗以有些強硬的語氣，規勸事到如今還想找藉口逃避的真奧。

「放棄吧。」

鈴乃說完後，從被爐底下拿出一本髒兮兮、被摺過的求人雜誌，讓真奧大吃一驚。

和之前在店裡拿給千穗看的不同，那是另一本免費情報誌，在因為惠美出乎預料的反應而錯失拿出來的機會後，真奧原本以為那已經被當成垃圾丟掉了。

「那、那是……！蘆、蘆屋！我不是叫你把那個丟掉嗎？」

真奧動搖地逼問蘆屋。

「因為舊雜誌的回收日還沒到……」

蘆屋迴避真奧的視線，找藉口回答。

「那就燒掉啊！不然魔力是拿來幹什麼的！現在正是用暗黑的魔力，湮滅所有證據的時候啊！」

真奧紅著臉用力晃動蘆屋的肩膀，但後者完全不予理會。

「所以我一開始就明確反對跟艾米莉亞說那些多餘的話，並建議您與其這麼做，不如乾脆放著她不管還比較好。這一切都是自作自受，請您自己負起責任。」

「你、你說責任……」

真奧抓著蘆屋的肩膀，戰戰兢兢地轉頭看向惠美。

「妳、妳這是幹什麼？」

真奧發出接近慘叫的聲音，退避到房間的角落。

回頭後的真奧，看見的是惠美的髮旋。

惠美對真奧低下頭。

那個勇者艾米莉亞，就只有視真奧如蛇蠍般厭惡這點不落人後的那個遊佐惠美，居然對真奧低頭了。

「謝謝你，這麼替我著想。」

「住手住手，妳到底是怎麼了？妳真的是惠美嗎？該不會加百列之類的傢伙變吧？」

真奧像是隻被未知野獸瞪著的兔子般全身顫抖，惠美抬起頭，微笑地仰望著他說道：

「在艾夫薩汗的那場戰鬥……多虧你的幫忙，我、爸爸和故鄉的村落，才能夠擺脫黑暗的陰謀。關於這件事，我是真的發自內心感謝你。至於錢和機車，就請你當成謝禮收下吧。這和你當初是基於什麼意圖說那些話無關。不過就像我剛才說的，到頭來，我還是無法原諒你。所以既然已經回到這裡，我就不打算再接受你的好意了。只有這點，希望你能夠明白。」

「…………」

惠美說完後，緩緩起身。

真奧就像擔心會被吃掉般，對惠美的每一個動作都產生激烈的反應擺出架式，惠美看向千穗和鈴乃。

「那麼，時間不早了，我先回爸爸房間囉。千穗，晚安。貝爾，謝謝妳今天也幫了爸爸那麼多忙。」

「嗯，晚安！」

「這沒什麼大不了的。我接下來也會努力協助諾爾德先生適應新環境。」

「謝謝。那麼，艾謝爾，魔王，不好意思打擾到這麼晚。」

「……唔嗯。」

奧。

「…………」

惠美說完後，沒等真奧回答，就走到玄關穿上鞋子離開。

玄關的門關上的聲音輕輕在室內迴盪，像是以此為信號般，千穗、鈴乃和蘆屋一齊望向真奧。

在思考這些視線的意義之前，真奧的身體已經不知不覺地動了起來。

他連鞋子也沒穿，就直接衝出房間去追惠美。

正如惠美本人所說，她今天會住在樓下，所以真奧根本沒必要急忙追出去，但他總覺得必須在惠美進房間之前叫住她。

最後，真奧在Villa・Rosa笹塚的前庭發現惠美的身影。

倒不如說，惠美像是早就知道真奧會衝出來般，站在公共樓梯底下，仰望衝出公共走廊的真奧。

「唔……！」

另一方面，沒想到惠美居然在等自己的真奧，腳步一亂就踩空了樓梯，他慌張地抓住扶手重新站好。

「喂，你可別跌下來啊。我可沒溫柔到會接住你。」

「惠、惠美……」

底下傳來惠美聽起來似乎有些愉快的聲音，真奧也虛應了一聲。

雖然叫住了對方，但結果還是不知道自己想問什麼的真奧，只能沉默不語。

不曉得是不是看穿了真奧心中的想法，惠美稍微揚起嘴角問道：

「魔王。你為什麼會想在那間店工作？」

「……啊？」

惠美冷不防地問道。

雖然不了解這個問題的用意，但和惠美今天的態度與行動相比，這已經算是個簡單的問題，於是真奧未做多想便坦率回答：

「因為經驗不拘，離公寓又近，而且順利的話或許還能吃到飯……再來就是之前可能也有跟妳提過的轉任制度……」

「你之所以想在那裡工作，除了金錢以外，還有許多動機對吧？我也和你一樣。」

「咦？」

說完後，惠美將視線從真奧身上移開，仰望Villa・Rosa笹塚建築物的部分。

「今天面試的時候，我託爸爸和貝爾幫我照顧阿拉斯・拉瑪斯。如果是這個距離，就算分隔兩地也不會恢復融合狀態。雖然docodemo的時薪比較好，但我一直都覺得工作時，阿拉斯・拉瑪斯不能出來外面很可憐。如果在那裡工作，阿拉斯・拉瑪斯也能過得比較自由。根據我從貝爾那裡聽來的狀況，應該不能帶阿拉斯．拉瑪斯去店裡吧。」

大概是聽說了過去阿拉斯．拉瑪斯纏著真奧，和千穗一起在店裡引發混亂的事情，惠美苦笑地接著說道：

「在爸爸決定從三鷹搬來這棟公寓時，我就下定決心了。接下來要在那裡打工。我有自信會被錄取。畢竟我經常聽你抱怨人手不足，等開始提供外送服務後，我曾透過電話客服鍛鍊的技能應該也能成為優勢。」

然後惠美用力吸了口氣，乾脆地說道：

「所以我既不是受到你影響，也不是隨波逐流。我之所以去應徵麥丹勞幡之谷站前店的工作，是基於我個人的意志。因為想在那個最適合目前的我的店家工作，我今天才會去接受面試。」

真奧似乎還是無法信服，話雖如此，他也找不到能反駁惠美的材料。

「幸好我決定今天住在這裡。不但還清了欠你的人情，還確實地為了前陣子的事情向你道謝。」

「惠美……妳……」

真奧在惠美被夜晚月光照亮的臉龐上──

「這樣從明天開始，我一定能夠向前邁進。」

看見了不帶任何邪氣與敵意的坦率笑容。

「唔……」

真奧對那個笑容有印象。

到底是在哪裡見過呢？

雖然僅止一次，但真奧應該曾經見過惠美露出純粹的笑容。

然而，真奧想不起來那是什麼時候的事情。

「啊，話說回來。」

因為——

「雖然這對木崎店長而言應該是理所當然，不過她還記得我喔。面試時，我們還聊了很多關於你和千穗的事情，感覺有一半像是在閒聊呢。」

惠美——

「如果我真的被錄取了，那將來在木崎店長面前，就不能再像以前那樣口不擇言了。所以……」

突然說出不得了的話。

「以後，就請你多多指教啦。貞夫前輩！」

「唔喔哇啊啊啊啊啊啊啊啊啊啊啊啊啊啊啊啊啊啊啊啊？」

這個瞬間，真奧就算原本站著不動，依然莫名地踩空樓梯，一面發出打擾鄰居的聲音一面從樓梯上滑落下來。

「魔王大人？發生什麼事了？」

「真奧哥？」

「怎麼了，艾米莉亞又跌倒了嗎？」

「怎麼了！那是什麼聲音？」

「……呼……嗚咿。」

劇烈的聲響，讓蘆屋、千穗和鈴乃從二樓，諾爾德從一樓抱著熟睡的阿拉斯·拉瑪斯睡眼惺忪地衝出來。

映入他們眼簾的，是從樓梯上往下跌得一身灰的真奧，和往旁邊跳了一步的惠美。

「喂，你沒事吧？雖然我說過不會救你，但那種跌倒方式，就算想救也救不了吧？」

「喔，啊，喔。」

真奧像是肺裡的空氣被硬擠出來般發出呻吟，此外他仰望惠美的眼神裡，蘊含了謎樣的恐懼。

「妳，妳那是……」

「怎麼了？有那麼討厭嗎？」

怎麼想惠美都是刻意裝傻。

那看起來像是要笑出聲音的表情就是證據。

「那麼，這樣正好。我剛才也說過了，我根本就沒原諒你，接下來我暫時都這樣叫你好了。貞……」

「不要啊啊啊啊啊！」

真奧一起身，就以驚人的速度手腳並用地爬上樓梯，穿過衝出來看狀況的蘆屋和千穗之間，逃進房間裡。

「怎麼了，發生了什麼事情？」

鈴乃驚訝地看著這一切，但因為門關起來後馬上傳出一道細微的聲響，讓她急忙開始敲門追問。

「喂，魔王！別鎖門啊！你到底在幹什麼！」

「真、真奧哥？請、請你開一下門！我的行李還在這邊的房間……」

「到底發生什麼事了？魔王大人，我開門囉。」

「住手，蘆屋，別開啊啊啊！」

無視惡魔之王害怕的叫喊，蘆屋理所當然似的從圍裙裡拿出鑰匙，打開玄關。

「啊哈哈哈哈哈哈！」

看著這樣的場景，惠美忍不住大笑出聲。

「唔，嗯？艾米莉亞，妳怎麼了？」

諾爾德揉著眼睛問道，惠美笑著搖頭。

「沒事，沒什麼。對不起，這麼晚了還發出這麼吵的聲音。」

惠美就這樣朝著因為搞不清楚狀況而驚訝地看向這裡的千穗和鈴乃揮揮手，走進一〇一號室。

「不過拜此之賜，一切都結束了。」

「嗯？」

儘管諾爾德聽得不明所以，惠美仍以暢快的笑容說道：

「從明天開始，就是新的世界了。」

惠美在被月光照亮的室內宣告，她一面聽著樓上尚未平息的喧鬧聲——

「今天似乎能久違地睡個好覺呢。」

一面滿足地如此說道。

魔王與勇者，完成遲來的約定

明天或許會下槍雨也不一定。

看見真奧的樣子，蘆屋發自內心想著。

明明已經是再不出門就會遲到的時間，真奧卻依然在玄關文風不動。

「魔王大人，如果再不去上班，真的會遲到喔。」

「……」

就算蘆屋這麼說，真奧還是一動也不動。

「就算您這樣，現實也不會改變。我想您也只能放棄了。」

「……」

「請振作一點，魔王大人！如果第一天就這樣，那以後可不是鬧著玩的啊。」

「……蘆屋。」

「是，怎麼了嗎？」

真奧背對著蘆屋，顫抖地說道。

「我還是第一次有這種心情。」

「是。」

然後，他臉色蒼白地回頭。

「我不想去上班啊～！」

下一個瞬間，蘆屋二話不說就將真奧給踢出房間。

「請您別在路上亂晃，要直接去上班喔！」

蘆屋從公共樓梯上方，對搖搖晃晃地騎著杜拉罕二號蛇行的真奧背影喊道，後者有氣無力地舉起單手。

平常連作夢都會夢到工作的真奧，從昨天開始就像是被漆原感染一般，嚷嚷著不想去上班，不如明天請假之類的句子。

如果是平常的蘆屋，想必會為主人的劇變擔心不已，但考慮到這次的原因，他實在無法同情真奧，只能狠下心送主人出門。

「魔王出門了嗎？」

「嗯。」

一直目送真奧到看不見自行車的蘆屋，有氣無力地回答從後面向他搭話的鈴乃。

「雖然我大致都聽見了，不過魔王今天就這麼不想去工作嗎？」

「我實在不想看見那樣的魔王大人……」

「說得也是。這世上應該不會有人想看鬧脾氣不想去上班的魔王吧。又不是路西菲爾。」

雖然問題並非出在這裡，但鈴乃似乎有些同情蘆屋。

「今天是艾米莉亞第一天上班吧。」

「沒錯。」

蘆屋深深地嘆了口氣。

「或許是因為時薪比上份工作低，艾米莉亞從一開始就排了非常多的班，幾乎沒有一天會和魔王大人的班錯開。所以到最後……」

「就由魔王負責艾米莉亞的新人實習嗎？」

「據說機率是一半一半。因為魔王大人是除了木崎店長以外，唯一能獨力承擔二樓咖啡廳業務的員工，所以也很可能是由負責普通櫃檯的員工來負責實習。」

雖然真奧昨晚是這麼說的，但一切終究只是他個人樂觀的推測。

「那千穗小姐呢？千穗小姐也已經在那間店累積了相當的經驗吧？」

「佐佐木小姐雖然能幹，但還只是高中生，實際上也只有半年的工作經歷。再怎麼說，都

不可能讓她負責新人實習。更何況，這方面的決定權完全掌握在木崎店長手中。」

距離惠美出乎意料地接受麥丹勞幡之谷站前店的打工面試，已經過了三天。

惠美將從今天下午開始正式上班。

這三天來，真奧每天都在思考有沒有什麼方法，能夠翹掉今天的班，但全都在蘆屋的妨礙下，以失敗告終。

站在蘆屋的立場，他實在不想看見真奧逃避惠美的樣子，而且實際上也沒有這麼做的必要，他不斷勸說真奧這是個好機會，能夠將惠美當成職場的後輩或部下使喚，但不曉得在害怕什麼的真奧，完全沒將蘆屋的話給聽進去。

不幸的是，真奧之前已經將手機交給蘆屋保管。

結果擔心行蹤不明的漆原會亂用真奧的信用卡這件事，只是杞人憂天。不過由於蘆屋堅持不讓真奧做出打電話到店裡調班這種難看的事情，於是至今仍未將手機還給真奧。

最後被逼急了的真奧，甚至提議要用儲備的魔力改變排班表或裝病，導致蘆屋昨天晚上久違地大發雷霆，狠狠訓了真奧一頓。

身為魔王，居然想為了這種丟臉的事情使用魔力，實在令人不勝唏噓，一切的源頭，就在於蘆屋他們沒看見的那幾分鐘。

在真奧追著道完謝後離開魔王城的惠美，到跌下樓梯的那幾分鐘內，到底發生了什麼事情讓真奧變成這樣。

真奧本人堅持不肯吐露，即使詢問千穗或鈴乃，兩人也同樣一頭霧水。

不對，正確來說，鈴乃似乎有隱約察覺到背後的理由，但最後還是無法斷言。

「希望他工作時別失誤就好了。」

「這部分，就只能期待千穗小姐的支援了……對了……今天是艾米莉亞第一天上班啊。」

蘆屋一擔心起主人的工作，就變得極度消沉，鈴乃安慰似的對他說道：

「艾謝爾，你今天有空嗎？晚點我有件事情，想和你跟諾爾德先生商量。」

「怎麼這麼突然？」

鈴乃難得主動找蘆屋商量事情，而且她還有些開心地說道：

「其實也不是什麼大事情。難得今天是艾米莉亞第一天上班，我覺得是個完成之前那個延宕已久的計畫的好機會。」

「那個計畫？」

蘆屋大惑不解，鈴乃拿出手機開始打電話。

「稍等一下。我也想通知梨香小姐，另外艾美拉達小姐應該也還在這裡。至於千穗小姐，還是等放學後再聯絡她好了。」

蘆屋完全不曉得鈴乃在說什麼，只能一臉困惑地看著她。

※

對真奧來說，麥丹勞幡之谷站前店在不同的意義上，是個與Villa・Rosa笹塚二〇一號室同樣能讓他感到安心的場所。

必須繃緊精神工作的環境，讓他回想起為了征服世界在戰場上奔走的過去，光是工作，就能讓他獲得回歸初衷的勇氣。

然而沒想到光是多了一個人類，就產生如此的改變。

感覺像是一直被盯著看般，完全靜不下來。

只要一被搭話，就會感到不寒而慄。

因為她的緣故，不只是原本親密的同事川田，就連其他男性員工都對他投以刺人的視線，讓他苦不堪言。

「真奧先生，柳橙汁的濃縮液是這樣換嗎？」

「嗯、嗯……」

「真奧先生，外袋的紙袋好像快不夠了，我可以補滿嗎？」

「喔、喔……」

「真奧先生，有兩條擦桌椅用的抹布已經損壞得很嚴重，可以報廢拿新的出來嗎？」

「……………………………………………………………………喔。」

站在真奧旁邊的，是學木崎將長髮綁在腦後、從第一天開始就以老手般的架勢俐落工作的惠美。

因為被木崎發現兩人原本就認識，所以真奧完全無法逃避負責惠美新人實習的命運。

除了木崎以外，還有其他幾名員工也對惠美有印象，再加上惠美外表又算是個美女，因此以川田為首的幾名男性員工，自然對由真奧負責這件事提出激烈的抗議，甚至有些認真地集中找他的麻煩。

曾向真奧坦白自己正在找老婆的川田——

「你最好是過太爽死掉。」

在員工間毫不留情地對真奧如此說道。對魔界之王而言，這實在是非常遺憾。

儘管除了惠美以外，還有另一位年輕女性被錄用，並且由川田負責指導，但不曉得是不是該說和平常一樣，那位女性是個已婚者。

即使真奧一點都不想指導惠美實習，但還是只能承認惠美是個極為優秀的新人。

畢竟只要教過一次，她就絕對不會忘記。

別說是基本的話術了，她就連托盤紙與紙巾等業務用品，或是番茄醬、芥茉醬、糖漿、牛

奶等配料的名稱、放置地點與補充的時機都掌握得非常完美。

或許是因為有過利用看不見對方的電話接待客人的經驗，惠美在面對面招呼客人時顯得更加活潑開朗，讓木崎立刻就稱讚起她的發音。

從剛才開始，她就只有問真奧一些和店內的習慣或標準有關的問題，等釐清這些後，惠美就已經能獨力完成這些流程。

惠美的工作表現和記憶力就是如此優異。

「阿真。」

「……是。」

看見那樣的惠美，木崎對真奧耳語：

「叫遊佐小姐盡快把所有的菜單都吃過一輪。」

看來惠美還不至於第一天就從木崎那裡獲得綽號，話雖如此，真奧非常清楚木崎是因為肯定惠美的能力，才會想要她先體驗過店裡的所有菜單。

「……不曉得她的實習能不能快點結束……唉。」

真奧沮喪地看著惠美從倉庫拿出兩條新的抹布。

「怎麼了？真奧先生，有什麼奇怪的嗎？」

「咦？啊，不、不，沒什麼。」

「是嗎？」

惠美突然回頭看向真奧。

大概是發現了真奧一直從後面盯著她看吧。

真奧並沒有做什麼虧心事，所以就算被發現也沒什麼好慌張的，即使如此，惠美才開始上班幾個小時，真奧的精神就已經被消耗到極限。

畢竟前陣子曾罵他是「比哥布林還不如的嗜血魔物」的那張嘴，現在居然稱呼他「真奧先生」。

在拚命搬出直接叫名字會顯得太過輕浮，而且也無法給客人或其他員工做榜樣等理由後，真奧總算逃過被叫「貞夫前輩」的命運。

然而立場上是後輩的惠美，總不能當著其他員工的面像平常那樣直接叫他「真奧」，因此最後就決定像剛才那樣叫他「真奧先生」。

真奧平常就算被千穗或其他人這樣叫也不會有什麼感覺，但不知道為何，就只有被惠美這樣叫時會莫名地覺得毛骨悚然。

用新抹布擦好回收的托盤後，惠美在拿托盤回去放時刻意經過真奧旁邊，低聲對他說道：

「喂，魔王。」

「什、什麼事……」

「我知道你不想和我一起工作，但你現在給人的感覺很糟糕，這樣難道不會給店裡添麻煩嗎？」

「……………！」

惠美輕聲說道，真奧驚訝地睜大眼睛，然後──

「唔、唔唔唔唔……」

開始露出似乎若有所圖的僵硬笑容。

「剛進來的新人，居然敢這樣對我出言不遜，嗯？好吧……」

真奧低聲嘟囔完後，眼神瞬間一亮，臉上也浮現出營業用的笑容。

「遊佐小姐。」

「是、是的？」

因為發現真奧突然露出詭異的笑容，惠美不自覺地稍微往後退了一步。

雖說是在上班時間，但惠美今天幾次被真奧叫「遊佐小姐」時，也同樣感到不對勁。

正因為真奧平常叫她名字時都很粗魯，所以一旦他顧慮起員工與前輩的身分，稱惠美為小姐時，後者就會莫名地感到毛骨悚然。

「既然妳都這麼說了……雖然木崎小姐沒有特別指示，但我還是會盡可能在時間內把能教的事情都教給妳，這樣可以嗎？」

「好、好啊？能讓經驗豐富的前輩指導，對我來說根本是求之不得。」

「說得好，遊佐小姐！」

「你過獎了，真奧先生！」

「「呵呵呵呵呵呵呵呵呵！」」

「那、那兩人到底是怎麼回事……」

正好經過現場的川田，因為覺得真奧和惠美周圍的空間似乎因為奇妙的魄力扭曲，而不禁揉了揉眼睛。

「很好！我真的不會手下留情喔！首先是利用冰淇淋機製作點心的方法！如果學不會這個，可是會一直被當成新人對待喔！」

「放馬過來吧！不管怎樣我都會做給你看！」

「聽清楚了，我只會說一次！在摸冰淇淋機的手把之前，一定要先用這個酒精除菌噴霧清潔雙手！而且連手腕都要擦乾淨！」

「這還用得著你說嗎！」

「聽好了！首先是百圓副餐的蛋捲冰淇淋！麥丹勞的蛋捲冰淇淋，要在甜筒杯裡轉兩圈半！看仔細了，想把最前面這個『尖尖的』做好，需要一點訣竅！在學會這個之前，都還只能算是半調子！」

「哼！別太小看前上班族了！現在很多餐廳都有附設冰淇淋機，要是以為我沒有任何相關經驗，你可是會嚐到苦頭的喔？」

「哈！別笑死人了！要是將小麥的蛋捲冰淇淋和一般的飲料吧等同視之，我可是會很困擾喔？麥丹勞蛋捲冰淇淋用的牛奶，百分之百是產自北海道！雖然口感滑順，但相對地分量既紮實又容易融化，想漂亮轉出兩圈半，可不是件容易的事情喔？」

「他們到底在幹什麼……」

川田聳聳肩，遠離莫名興奮到讓人不曉得是在吵架還是進行指導的真奧和惠美。

和因為無法理解狀況而離開的川田不同，一道熱切的視線從店外觀望兩人的狀況。

「……太好了，總之他們好像還算順利。」

不用說，那當然是千穗。

雖然惠美過去也曾經被發現躲在店外觀察真奧和千穗的狀況，但這次立場逆轉，放學後突然擔心真奧和惠美可能吵架的千穗，即使沒有排班還是來到這裡，偷偷躲在樹叢後面守護著他們。

就算是從店外，也能看出兩人情緒愈來愈激動，但至少和以前劍拔弩張、好像隨時都會吵起來的狀況不同，讓千穗鬆了口氣。

雖說接近晚餐時間，但一放心後肚子還是稍微餓了起來，正當千穗想趁這個機會以客人的

MgRonald

身分進去看看狀況時——

原本收在制服外套口袋裡的手機傳來震動，她打開一看。

「咦？奇怪？真奧哥？」

螢幕上顯示來電者，是理應正在店內指導惠美實習的真奧。

試著接起電話後——

『喂，佐佐木小姐嗎？是我，蘆屋。』

裡面傳出蘆屋的聲音。

「原來是蘆屋先生！我還以為真奧哥明明在店裡，怎麼會打電話給我呢。」

『因為一些原因，魔王大人的手機正由我保管。妳現在已經放學準備回家了嗎？』

「啊，嗯。我現在正好因為擔心真奧哥和遊佐小姐來到店前面，他們好像還滿順利的。」

『這樣啊。那真是太好了。話說回來，佐佐木小姐，方便請問一個問題嗎？』

「嗯。」

『請問妳知道木崎小姐今天在不在店裡嗎？』

「咦？木崎小姐嗎？」

蘆屋意外的問題，讓千穗忍不住再度確認了一次。

『是的，如果她在店裡，那我有件事情想拜託她，如果不在，就只好另外擇日……』

「請、請等一下，我看一下排班表。」

千穗從書包裡拿出記事本，攤開總是夾在裡面的排班表。

「呃……啊，木崎小姐今天是最晚班，就、就是會待到打烊的意思。真奧哥也是待到打烊。遊佐小姐還在實習，所以應該是晚上十點下班……啊，今天遊佐小姐回去後，店裡就只剩下真奧哥和木崎小姐。這麼一來，咖啡櫃檯應該會暫停服務吧。最近晚上人少的時候，好像都是有客人時，才會直接和客人一起上去點單。」

『原來如此。請稍等一下……喂，貝爾，佐佐木小姐說木崎店長在。』

蘆屋似乎正和鈴乃在一起，電話的另一端傳來蘆屋和包含鈴乃在內的其他人對話的聲音。

『久等了。那麼，佐佐木小姐。』

「是的。」

『如果貝爾今天晚上十點左右去接妳，妳有辦法出門嗎？』

「咦？」

蘆屋的話，讓千穗稍稍驚訝了一下。

「可……惡……」

真奧無力地跪倒在地。

「哼。」

另一方面，惠美像是在誇耀勝利似的，凜然俯瞰真奧。

晚上十點的一樓櫃檯。

因為還是第一天，所以惠美現在已經能夠下班，她正和真奧一起被木崎叫去，討論今天實習的狀況。

「那麼，第一天的狀況怎麼樣？」

木崎側眼看向真奧，忍著笑容向惠美問道。

「因為真奧先生教了我很多事，感覺第一天就非常充實。」

「唔。」

真奧完全無法對這句話做出任何回應。

惠美在那之後，已經徹底掌握了冰淇淋機的使用方式。

短短一天學會處理所有靠冰淇淋機製作的甜點，本身就是件不尋常的事情。

不只如此，雖然大多不是第一天打工的新人該學的東西，但惠美只要認為有必要就會隨時記下筆記，她幾乎完美掌握了真奧的說明，僅靠口頭說明就完成了機械的拆解與清洗。

「不過，畢竟還只是第一天，我對許多餐點都還不是那麼了解。從明天開始，我會繼續虛心地向真奧先生請教。」

「她是這麼說的，阿真你覺得如何？」

「呃，那個……」

真奧有氣無力地抬頭，瞄了惠美的臉一眼後說道：

「坦白講……非常完美。除了學得快以外，因為她上一份工作是電話客服人員，所以被她直接接待過的客人，反應也都不錯。」

「你說得沒錯，我也有發現這點。該怎麼說，感覺非常有模有樣呢。」

「真不敢當。謝謝您的誇獎。」

惠美鄭重地道謝。

「這樣看來，或許很快就能讓她開始負責櫃檯呢。」

亟欲早點擺脫惠美的真奧，半是認真半打趣地補上一句。

「嗯，姑且不論這點，或許正是因為缺乏經驗，所以看起來才特別謹慎。希望妳以後也能像今天這樣，或是比今天更加努力……儘管這句話不太適合在本人面前說，但或許妳有機會超越阿真的傳說呢。」

「唔唔。怎麼會這樣……」

木崎乾脆地說道，讓真奧再度像是被無形的言語之箭刺中內心般，抱頭喊道。

阿真的傳說，是指實習完後一個月，時薪就調升了一百圓的軼事。
要是被惠美給超越，那無論是身為麥丹勞的員工還是身為魔王，都不是一件光感到遺憾就能解決的事情。
「總之，還是恭喜妳順利度過了第一天。辛苦了。」
「是的，謝謝您。」
惠美微笑地輕輕對木崎行了一禮，準備離開員工間。
「啊，對了。」
木崎從背後叫住惠美。
「遊佐小姐，不好意思，等妳換好衣服後，能稍微給我一點時間嗎？」
「好的，有什麼事嗎？」
「總之妳先去換衣服吧。詳情晚點再說。阿真，我去打個電話。」
「是……？」
真奧和惠美面面相覷，但惠美最後還是為了換衣服前往員工間。
另一方面，木崎拿起店內電話的子機，快速撥了個號碼。
「……喂，小千嗎？我是木崎。現在方便嗎？嗯。好像勉強沒問題。十分鐘後嗎？知道了，我等你們。」

「……那通電話，是打給小千嗎？十分鐘後有什麼事嗎？」

「嗯，你晚點就知道了。雖然我不應該說這種話，但你還是祈禱暫時不會突然有大批客人光顧吧。」

「喔、喔……」

這段不像是木崎平常會說的話，讓真奧難掩困惑。

過不久，換好便服的惠美從員工間回來後，木崎看著時鐘點頭。

「時間剛剛好。」

「怎麼了嗎？」

木崎沒有回答惠美的問題，以眼神指向店裡的入口。

跟著木崎看過去的真奧和惠美——

「「咦？」」

被一群打開自動門走進來的人嚇了一跳。

以千穗為首，蘆屋、鈴乃、諾爾德、阿拉斯・拉瑪斯、艾契斯、艾美拉達和梨香，居然都跑來了。

「晚安！遊佐小姐、真奧哥！」

「打擾了。」

「不好意思。」

「謝謝。」

「麥丹丹！」

「大家好。」

「工作辛苦了～」

「喲！惠美！辛苦啦！」

一行人接連向真奧和惠美打招呼，讓兩人頓時慌了手腳，但木崎不知為何彷彿理所當然似的走向小千，指向二樓。

「儘管對店裡來說是件不幸的事情，但你們運氣不錯，二樓現在正好沒客人。雖然不能讓你們待太久，但你們可以使用最裡面那兩桌。」

「好的！謝謝妳答應我們這勉強的要求！」

「這不算什麼，只要你們之後能靠工作回報就好。好了，快點上去吧。雖說這個時段客人不多，但我一個人也無法撐太久。阿真，還有遊佐小姐。」

木崎重新戴上員工帽，轉頭對真奧和惠美說道：

「帶客人們到二樓最裡面的座位。然後我會暫時待在樓下的櫃檯。」

「咦？咦？艾美、爸爸和梨香都來了，這到底是怎麼回事……」

「帶、帶位？木崎小姐，這到底是……」

「走吧，真奧哥，不然其他客人要來了。」

「惠美也走吧！要是拖拖拉拉的，會給店長小姐添麻煩。」

千穗和梨香各自牽著尚未從混亂中恢復的真奧與惠美的手，將他們帶到二樓。

兩人就這樣被帶到呈無客狀態，換句話說就是整層樓都沒客人的二樓最裡面的座位。

「來，惠美，妳坐千穗旁邊。」

然後惠美被安排到最先入座的千穗旁邊的位置。

兩人面前有個被包裝過的大箱子。仔細一看，包裝紙上還印著麥丹勞的標誌。

真奧一看見那個標誌，就像是發現什麼似的發出驚訝的喊叫。

「這、這該不會是……！」

「你、你們該不會把木崎小姐也捲進來，想在這裡……」

「這是小千和麥丹勞版本喔。店長小姐也是因為這樣才答應的。來，時間有限，我們快開始吧！蘆屋先生，請你打開那個！」

「我知道了。」

在梨香的指示下，蘆屋迅速拆開那個被麥丹勞包裝紙包起來的東西。

包裝紙內側，是個純白的紙盒。不過，裡面微微散發出甜甜的香味。

惠美至今仍未掌握狀況，梨香從旁伸手探向紙盒。

「惠美，千穗。」

「咦？咦？」

「有！」

面對梨香的呼喚，惠美更加陷入混亂，千穗則是活潑地回答。

然後梨香看準時機，掀開蓋子。

「生日快樂！」

「……唔！」

這個瞬間，惠美用力倒抽一口氣，用雙手摀住嘴巴。

從盒子裡現身的，是一個外表樸素的蛋糕。

和普通蛋糕不同的是，蛋糕中央畫了個大大的麥丹勞標誌，並插了個寫著「Happy Birthday!」的白巧克力板。

「千穗，這、這是……」

惠美維持驚訝的表情向千穗問道，她的聲音已經和內心的動搖一樣顫抖。

「雖然和預定的計畫有點落差，而且正確來講也不是生日。」

千穗害羞地點頭。

「不過今天對遊佐小姐來說是個重新出發的日子，所以大家都覺得辦在今天最適合。」

「你、你們……」

惠美以明顯濕潤的雙眼看向聚集在這裡的一行人。

「哎呀，雖然我接到鈴乃的聯絡時，也覺得這是個好主意，但畢竟還是太臨時了，所以我們可是很辛苦才弄到這個蛋糕喔。」

「對、對啊，這個蛋糕，應該只有能辦生日派對的分店才買得到吧？而且我記得很早之前就要提前預約！」

「您說得沒錯。」

蘆屋回答真奧的疑問。

「所以其實這個蛋糕，並非真的是麥丹勞的正式商品。我們請蛋糕店的師傅幫我們動了點手腳。這完全違反了店家的規則，也就是所謂的自帶外食。」

「什……你、你……」

「不過，木崎店長說只要蛋糕外表是麥丹勞的產品，並滿足另一個條件，就能允許我們辦這場活動。」

「什、什麼條件？」

「她說只要每個人都有點六百圓以上的套餐，就能借我們使用這裡三十分鐘。」

梨香接在蘆屋後面補充，真奧驚訝歸驚訝，還是想起了麥丹勞生日派對的做法。

「這麼說來，麥丹勞的生日派對好像有規定每個參加者至少都得點一份套餐……」

「而且在聽艾美拉達小姐講解過那裡和這個世界的曆法差異後，我們得知艾米莉亞在安特．伊蘇拉的生日，就相當於這邊的下個星期——換算成這邊的曆法後，就是十月二十五日。」

「貝爾，是、是這樣嗎？」

「對了。惠美，我聽艾美拉達說……這次其實是妳十八歲的生日？」

為了避免被樓下的木崎聽見，梨香稍微壓低音量問道。

「我嚇了一跳呢。看妳平常那麼落落大方，實在想不到妳年紀居然比我小。啊，話雖如此，要是妳以後講話對我太客氣，我可是會生氣喔？」

「梨香……嗯，謝謝妳。謝謝妳……嗚！」

惠美的眼眶裡，開始流出豆大的淚珠。

「千穗，我……」

「遊佐小姐。」

惠美連眼淚都沒擦，就直接抱緊坐在隔壁的千穗。

千穗回抱惠美，對著她的耳朵輕聲說道：

「歡迎回來。還有，祝妳生日快樂。」

「謝謝……千穗……對不起，拖到這麼晚才回來。謝謝妳願意等我……！我也祝妳生日快樂！」

惠美靜靜地流淚，千穗的眼眶也受到她的影響開始泛淚。

看著兩位少女的眼淚，諾爾德低喃：

「艾米莉亞……交到好朋友了呢。」

「就是啊～」

艾美拉達也憐愛地看著惠美與千穗。

「好啦！時間不多，我們還是快點進行吧！趁下面的客人發現之前，來進行送禮物的程序吧！」

「咦，啊，嗯，可、可是我，什麼都沒為千穗準備……」

「既然是驚喜，惠美當然沒機會準備啊！這部分妳就等之後再自行處理吧！來，首先是鈴乃他們。」

「嗯。這是我今天和諾爾德先生、艾美拉達小姐，以及蘆屋一起挑的。」

「咦？蘆屋，你到底在搞什麼好痛？」

不曉得蘆屋白天行動的真奧，正想對蘆屋居然參與挑選惠美的生日禮物表示疑問時——

「不懂得看氣氛的魔王～～就要像垃圾一樣仔細摺好丟掉喔～～？」

旁邊的艾美拉達踢了他的小腿一下，並吐出語焉不詳的威脅。

「謝謝。這是什麼……咦？」

此時，總算察覺某件事的惠美，擦著眼淚仰望鈴乃。

「貝爾……妳那副打扮是……」

「嗯、嗯。」

「很可愛對吧？這是我和千穗幫她挑的喔。」

「我、我想應該不至於很奇怪，妳覺得怎麼樣？」

遞出禮物的鈴乃，身上穿的並非平常的和服。

她今天穿的是深藍色喇叭裙搭配駝色靴。在寬襟的米白色薄毛衣底下，則是同樣以深藍色為基調的條紋罩衫，換句話說就是洋裝的打扮。

「一點都不奇怪！非常可愛喔！」

「是、是嗎？那個，因為大家說如果慶生時有其他客人在，我穿和服或許會太過顯眼，所以，我才第一次打扮成這樣……嗯，坦白講，這種輕飄飄的裙子實在讓人靜不下來，不過幸好不會很奇怪。」

鈴乃紅著臉含糊地說著，但馬上就回過神來，重新將裝了禮物的盒子遞給惠美和千穗。

「先、先別管我了！總之，請先收下這個！」

「嗯，謝謝。不過，妳穿起來真的很好看喔。」

「好、好了啦！」

對難得害羞的鈴乃投以微笑後，惠美小心翼翼地拆開包裝紙。

「是相框耶。好可愛的設計！」

惠美拆開包裝，在拿出一個搭配水鳥裝飾的藍色玻璃相框後，開心地喊道。

「在我們煩惱要買什麼的時候，艾謝爾意外地提出了一個好主意。」

「艾謝爾？」

「我不是說過沒必要講出來嗎？」

雖然蘆屋因為突然被提到而板起臉，但惠美的眼神看起來似乎非要有人說明才肯罷休，於是他只好更加不悅地開口：

「……妳難得與父親重逢，接下來應該會有許多想留下的回憶。我只是說擺個類似這樣的東西，或許不錯而已。」

「嗯……說得也是，你說得沒錯。」

惠美輕輕點頭，抱住相框。

「送千穗小姐的禮物，是不同顏色的同一組款式。希望你們喜歡。」

「哇！是一組的嗎？」

千穗也小心翼翼地拆開交給自己的禮物包裝，從盒子裡拿出款式和惠美一樣的粉紅色玻璃相框。

「真的是一組的呢！」

「我好高興！不過……同時也有點不甘心呢。」

「咦？」

「該說真不愧是蘆屋先生……還是我們想的都一樣呢。」

說完後，千穗害羞地將禮物交給惠美。

「其實，我送的也是相框。」

說完後，千穗拿出一個比鈴乃準備的還要大上一圈的禮物。

惠美一樣小心地拆開後，發現千穗選的相框是個採用金屬外框、周圍塗了彩色花紋、能夠一次放好幾張照片的款式。

「我希望遊佐小姐能留下許多美好回憶，所以才選了這個。結果和蘆屋先生重複了呢。」

「千穗……千穗的這份心意，對我來說就已經是夠珍貴的禮物了。真的很謝謝妳。我會好好把它拿出來擺飾。真的，謝謝你們。」

惠美將千穗的相框放在桌上，重新抱緊千穗。

「呵呵呵，真是好險。其實我本來也想買相框呢。」

壓軸的梨香，拿出一個厚度和前兩個禮物明顯不同的盒子。

「不過，在想到這裡時，我就突然產生了這個靈感！好了，惠美！收下我的真心吧！」

「謝謝妳，我打開囉。」

惠美收下有點沉重的盒子，小心地打開。

包裝裡面，是個類似木盒的東西。除了旁邊突出了一個銅製的發條外，盒蓋上方還刻了一個音符的符號。

「這是音樂盒吧？」

「沒錯！打開來看看吧！」

在梨香的催促下掀開蓋子後，惠美發現蓋子內側居然有個鑲了玻璃板的空間。

「那裡面可以放相片呢！」

梨香原本得意地說道。

「結果還是相框啊！」

不過在被真奧吐槽後，她立刻沮喪地說道：

「可是～考慮到惠美現在的狀況，無論如何都會想到這個吧？啊，真奧先生，感謝你的吐槽。」

梨香苦笑地拍了一下自己的額頭。

「不過，這主要還是個音樂盒。妳看一下曲名的部分。」

惠美看向梨香指示的地方，發現音樂盒上面刻了「Happy Birthday to You」的文字。

「梨香，這是……」

「總不能讓大家在這裡合唱生日快樂歌吧。不過，我還是想準備一下包含這種心意的音樂。嗯，等晚點回去之後，妳再聽聽看吧。」

這句話，讓惠美只能拚命壓抑想馬上旋轉發條，聆聽這首包含了梨香心意的曲子的衝動。

「然後，我要送千穗這個。我有自信，這是只有我才能送給妳的東西！」

「咦？我也有嗎？」

或許是沒想到梨香會送自己禮物，千穗驚訝地問道。

「因為鈴乃有細心地告訴我，這是場聯合生日派對啊！好了，打開來看看吧！」

「好、好的，謝謝……啊！」

梨香送給千穗的禮物，是一小瓶香水。

印有知名品牌商標的瓶子上所記載的香水名稱，果然也是「Happy Birthday」。

梨香偷偷對驚訝的千穗耳語：

「雖然不知道味道合不合妳的喜好，不過希望妳能把這當成是我對妳的鼓勵。」

「呃，那個……」

千穗緊張地聽梨香說明：

「為了妳的夢想，應該要準備個大人的化妝品，為了心愛的人好好磨練自己的女人味！」

「鈴、鈴木小姐！」

梨香一望向站在旁邊的真奧，千穗就慌張地大叫起來。

「吶，小千姊姊！這個！這個！」

這次輪到諾爾德和阿拉斯・拉瑪斯。

「媽媽，小千姊姊，生日快樂！」

諾爾德在阿拉斯・拉瑪斯道賀時，拿出一張有點皺皺的圖畫紙。

不過一看見畫在上面的圖案，惠美與千穗都瞬間露出開心的笑容。

那是阿拉斯・拉瑪斯用了大量蠟筆，努力畫出的兩人身影。

綠色的地面上，用褐色畫了個大長方形，而兩人就站在那個前面。

即使不用特別確認，也能看出那是站在Villa・Rosa笹塚前面的千穗與惠美。

阿拉斯・拉瑪斯拚命畫出來的圖，蘊含了能虜獲所有大人的魅力。

「這孩子很有藝術家的天分呢。」

諾爾德笑著說道。

「這是她重畫了好幾張，才好不容易完成的得意之作呢。」

「我每張都想要呢。」

「我也是。不然我可能得和千穗搶這張畫了。」

惠美憐愛地再次看了一眼阿拉斯・拉瑪斯的畫，然後重新望向集合在這裡的所有人。

「各位……真的非常謝謝你們。我絕對不會，忘記今天的事情……」

「不，稍等一下。惠美，要道謝還太早了。有個人什麼都還沒表示喔？」

「咦？」

梨香出乎意料地制止了惠美。

仔細一看，在離一行人有段距離的地方，艾契斯正用手肘頂著看起來一臉尷尬的真奧。

「吶，真奧。你之前買的東西，不就是為了今天準備的禮物嗎？」

「……囉嗦。我事先又不知道會有這場活動，怎麼可能帶在身邊……」

真奧不悅地說著，打算離開現場，但遭到鈴乃的制止。

「你在找這個嗎？」

鈴乃的手上，拿著三個經過包裝的細長盒子。

真奧見狀，便板起了臉。

「妳、妳那個該不會是……」

「艾契斯說魔王也有買東西要送給千穗小姐和艾米莉亞。所以我才麻煩艾謝爾，找出這些被藏在魔王城櫃子深處的東西。」

「咦？」

「你好像是在與我和艾伯特先生分開行動時買的。聽說是要給千穗小姐和艾米莉亞的土產。」

「艾契斯，妳這傢伙啊啊啊啊啊！」

「可是——！這是真奧那時候自己說的嘎啊啊啊！」

真奧抓著艾契斯的肩膀猛力搖晃，但一股蠻力抓住真奧的脖子，將他拉離艾契斯。

將真奧拉到惠美與千穗前面的鈴乃，把三個包裝過的盒子遞到真奧眼前，她露出大膽的笑容，輕聲在真奧耳邊說道：

「看在你有這份心意，我就不告訴大家這是你擅自用我的盤纏買的了。」

「唔……」

真奧屈服於鈴乃的威脅，收下包裝過的禮物。

「不過妳是怎麼把它們包裝好的……因為曾經掉進池塘裡，所以我帶回來時應該沒有包裝……」

「艾謝爾是個能幹的男人。只不過給了他厚紙板和包裝紙，他就漂亮地包裝起來囉！」

真奧因為鈴乃的回答而瞪向蘆屋，但後者巧妙地面向無關的方向。

包裝裡的內容不用說，正是真奧在皇都蒼天蓋的郊外，借用鈴乃的錢買回來的木製手工湯匙。

千穗的湯匙上刻了花朵圖案，預定要讓惠美和阿拉斯·拉瑪斯一起使用的湯匙則是刻了鳥的圖案。按照這個趨勢，真奧將是最後一位送禮的人，這讓他感到十分尷尬。

他完全沒想到鈴乃他們居然會舉辦這麼突然的活動。

而且在看過剛才那些場面後，真奧怎麼想都覺得自己臨時選的禮物看起來最沒誠意。

「……呃，這個。」

然而，現場的氣氛實在不容許他退縮。

真奧下定決心，將禮物遞到千穗和惠美面前。

「我原本就是為了這個目的才買的，所以，你們就拿去用吧。惠美的包括阿拉斯·拉瑪斯的分在內，有兩支……聽說這是會帶來好運的東西。」

真奧以徹底缺乏幹勁的聲音說道。

惠美和千穗各自收下真奧板著臉遞過來的禮物。

「可以打開嗎？」

「……既然是禮物，當然可以啊。」

真奧不悅地說道，惠美和千穗各自拆開包裝。

「「啊……」」

兩人在看見內容物後，一齊驚訝地喊道。

「喔喔？是什麼東西？」

「那是什麼啊～？」

梨香和艾美拉達好奇地從旁邊看向千穗和惠美的手邊。

「喔喔，感覺還不錯呢。」

「嗯～這不是很可愛嗎～」

兩人搶先壽星一步，發出歡呼。

那是用一塊木頭雕刻出來的手工湯匙。

千穗專注地看著由五片巨大花瓣構成的花朵雕刻，輕聲嘆道：

「好奇特的造型……看起來，好漂亮。」

惠美也比較著兩支同樣刻了小鳥圖案，但形狀微妙不同的湯匙，佩服地說道：

「我還是第一次看見這種東西。從沒有組合的痕跡來看，應該是直接用一塊木頭刻的吧。你是在艾夫薩汗找到的嗎？」

「嗯，對……因為這姑且算是實用品。」

「這漂亮到讓人覺得拿來用很可惜呢。謝謝你，真奧哥。我會好好珍惜的。不過比起拿來用，我應該會當成擺飾。」

「嗯，總之妳喜歡就好。」

千穗對真奧露出開朗的笑容，真奧將手抵在帽簷上，稍微垂下視線點頭。

「真的漂亮到讓人想裝飾起來呢。」

惠美似乎也非常同意千穗的感想，用雙手拿著兩根湯匙——

「謝謝你。我會好好珍惜的。」

然後對真奧如此說道。

「……嗯。」

相較之下，真奧只能從喉嚨深處擠出類似呻吟的小聲回應。

千穗、鈴乃與蘆屋，各自懷著不同的思緒，看著那樣的真奧。

「……那麼，雖然難得氣氛這麼好，但我們差不多該撤退了。」

此時，梨香看著手錶宣告。

「現在已經超過約五分鐘，再待下去就對店長小姐太不好意思了，我們快收拾一下去點餐吧。蛋糕和蠟燭就等回去後再說吧。大家今天的晚餐，強制只能用小麥解決！啊，真奧先生請好好工作到下班吧！」

MgRonald

「你們不用特別等我回去啊。」

唯獨這時候，真奧特別感謝梨香乾脆的決斷。

要是再繼續接受惠美坦率的道謝，他的精神可能會受不了。

一行人慌張地將蛋糕收回盒子，惠美和千穗也煩惱著要怎麼將收到的禮物放進包包，等真奧以外的所有人都點完套餐離開時，已經差不多是晚上十一點了。

獨自留下來繼續上班的真奧，對著開始準備打烊的木崎背影輕聲道謝：

「不好意思，給妳添了這麼多麻煩。」

「嗯。」

木崎頭也不回地直接點頭。

「你們也在這個客人不多的時間替店裡貢獻了不少營業額，所以算是彼此彼此。雖說帶了外食，但你們也沒有在店裡吃。」

「是這樣沒錯。」

「啊，對了，有件事我得先跟你說一聲。」

「是？」

對已經過去的事情不怎麼在意的木崎，像是想起什麼似的回頭面向真奧。

「雖然有各式各樣的異性朋友是件好事……」

「是？」

木崎不知為何，像是在瞪著真奧般瞇起眼睛。

「但你可別做出什麼會讓小千或遊佐小姐從背後捅你一刀的傻事喔？你對待女性總是有點隨便，而且似乎還天真地以為對她們做什麼都沒關係……」

「咦？」

「總之我要說的就只有這些。回去工作吧。」

「不不不，木崎小姐？妳好像誤會得很嚴重，事情不是那樣的！」

「閉嘴。看在旁人眼裡，就會覺得小川說的話也有他的道理在。」

「那傢伙到底說了什麼？」

「自己去問本人吧。你最近在男性員工中，應該是不會太好過。」

「拜託饒了我吧！」

「這完全是自作自受。」

「我明明什麼都沒作！」

在燦爛的滿月月光下，惡魔之王的慘叫從幡之谷站前店傳到夜晚的街上，不斷迴響。

真奧疲憊地牽著杜拉罕二號，走在夜晚的笹塚街上。

「這大概是有史以來……最累的一天了……」

光是指導惠美實習在精神上就已經夠嗆的了，沒想到居然還有驚喜的生日派對。

不對，千穗和惠美的聯合生日派對，是很早以前就有的計畫，真奧自己本來也打算替千穗慶生，並用惹惠美不悅的方式賣她人情。

不過，前提是真奧能夠主動行動，再也沒什麼比像這次這樣配合周圍的人，要讓人覺得棘手的了。

此外──

『謝謝你。我會好好珍惜的。』

惠美居然說出這種話。

如果是以前的惠美，就算當場把真奧的禮物以分子為單位粉碎也不奇怪。

「那傢伙到底想怎樣？」

惠美一面說無法原諒真奧，一面又明顯比以前對真奧敞開心扉，讓真奧變得搞不清楚該如何和她相處。

前陣子，他還以為只要像以前那樣和惠美互動就好。

然而，他突然想到。

「和以前一樣是怎樣？」

仔細想想，真奧從來沒積極對惠美做過什麼事情。

雖然惠美總是以監視敵人為藉口積極地糾纏真奧，但真奧卻從來沒想過要除掉惠美，或是去探視惠美的狀況。

真要說起來，真奧連惠美現在住哪裡都不知道。

儘管知道她住在永福町的公寓，真奧既不曉得詳細地址，也從來沒想過要知道。

真奧過去頂多對來職場或公寓的惠美說些「礙事」或「滾回去」之類的話，加上對方又不是自己能夠匹敵的對手，因此他很快就習慣那個不認為自己會危害他人的惠美，待在身邊的狀況。

自從阿拉斯．拉瑪斯出現，讓惠美更加融入真奧他們的日常生活後，有她在的環境反而成了自然狀態。

換句話說，真奧和惠美「過去的關係」，就是真奧徹底接受惠美作的所有事情。

「我是怎麼了？為什麼感覺完全靜不下來。」

「這麼晚了，你在路上吵什麼啊。」

從遙遠的高處，傳來一道聲音呼喚坐在路邊的真奧。

「……妳才是在那裡做什麼。很危險耶。」

真奧皺著眉頭，轉頭望向聲音的主人。

在他煩惱許多事情的期間，他已經不知不覺走到了公寓附近。

「才不危險。你以為我是誰啊。就算掉下來時頭部先落地，我也不會有事喔。」

在Villa・Rosa笹塚的屋頂上，艾契斯正邊看著點點星空，邊對真奧揮手。

「真是的，不管惡魔還是勇者，都會對做這種事的人說危險，並且出言警告啦。」

真奧聳聳肩，稍微觀察公寓的狀況。

「喂，惠美他們……」

「大家都回去囉。千穗明天要上學，梨香也要上班。惠美也帶著姊姊回去了。」

「……這、這樣啊。」

真奧忍不住鬆了口氣，看向手錶。

現在的確已經將近一點，就算是千穗，也沒辦法連續兩天外宿鈴乃家。

「你在嘟囔些什麼啊。」

「喂，妳聲音太大了啦。」

從公寓屋頂向真奧搭話的艾契斯，並未特別壓抑音量。考慮到這個時間，鈴乃和諾爾德可能已經睡了，真奧就希望她能夠小聲一點。

「因為我們距離很遠，所以我也沒辦法啊。」

艾契斯絲毫不將這件事放在心上，並像是想起什麼似的拍了一下手。

「只要讓真奧過來這裡就好了。嘿！」

「咦？喔，哇？」

下一個瞬間，真奧還來不及立起杜拉罕二號的腳架，就整個人浮在高空中。

「過來這裡吧，嘿。」

艾契斯靈巧地控制空中的真奧，強制將他送到自己身邊，坐到堅硬的屋瓦上。

「嚇、嚇我一跳……」

「虧你還是魔王，別稍微飛一下就嚇到啦。」

「如果突然被人吊起來，無論是誰都會嚇一跳啦！」

真奧姑且抗議了一下，但艾契斯根本不會在意這點小事。

「那麼，你有什麼煩惱嗎？什麼都可以跟我說喔。」

「我還沒被逼到得向妳傾訴的地步。」

「唔，總覺得好像被人瞧不起了？」

「知道的話，就別再問些多餘的事情。男人也會有想要一個人煩惱的時候。」

「這好像就叫作廢物無良策。」

「只不過改了一個詞，居然就變成更過分的慣用語了！」

真奧忍不住嘆了口氣，躺到旁邊去，但比想像中還要傾斜的屋頂和堅硬的屋瓦，又讓他決定重新端正姿勢。

「……我在煩惱人際關係的事情。」

「嗯？什麼？你總算下定決心要和千穗結婚了嗎？」

下個瞬間，真奧差點從屋頂上跌下去。

「到底是誰告訴妳這些鬼話的！」

「呃，因為吃飯的時候，梨香說真奧是個罪惡的男人。」

「那個愛湊熱鬧的女人的話，只聽一半就夠了！」

「一半？所以不是結婚，是當妾噗！」

「這才不叫聽一半，而且那根本和一半一點關係也沒有，話說妳這些話到底是從哪裡學來的！就算只是開玩笑也不好笑啊！」

「就算是這樣，也不用打我吧！」

艾契斯按著後腦杓淚眼盈眶地抗議，憤怒地責備真奧。

「如果找妳商量，事情一定會被改編得亂七八糟再傳出去，所以我才不跟妳說！」

「真是的～對不起啦。我會認真聽你說。」

「我已經不會再相信妳了！話說妳怎麼這麼晚了還待在這裡。」

「咦？啊，嗯，因為今天月亮很亮，所以我在看天空。」

「天空？」

「嗯。我很喜歡看夜晚的天空。不過小美家的屋頂坐起來不太舒服，我找了很久才決定在這裡看。」

「喂，拜託妳可別跑到房東家或這裡以外的屋頂上啊。」

一想到艾契斯可能因為夜夜在附近鄰居的屋頂上徘徊，而被報警處理，真奧就皺起眉頭。

「我才不會那樣。我又不是笨蛋！」

這還是第一次聽說，不過要是這樣回嘴，感覺艾契斯會真的生氣，因此真奧只在心裡這麼想。

「你是不是在想什麼失禮的事情？」

「妳那野生的觀察力還真恐怖。話說回來，妳才是有什麼事。」

「什麼意思？」

「既然特地把我拉上來，難道不是找我有事嗎？」

「……嗯～與其說有事找你，不如說有事要向你報告。」

「報告？」

「嗯。」

艾契斯稍微皺起眉頭，仰望天上的月亮。

「加百列醒了。他明天好像也會被帶去參加『討論』。」

「……喔，他還活著啊。」

真奧乾脆地點頭。

「咦？你的反應意外地普通呢？」

「與其說是普通，不如說也沒有其他的感想。」

阿拉斯．拉瑪斯和艾契斯的根源，「基礎」質點的守護天使加百列，在志波的指示下被帶來了日本。

不過由於在艾夫薩汗的戰鬥與諸多原因，他是在失去意識的狀態下被帶來這裡，而且據說還昏迷得比諾爾德還要久。

之所以是據說，是因為加百列和諾爾德不同，是被收容在志波家，所以這陣子完全沒在真奧等人面前出現，真奧也沒特別想知道或探聽他的身體狀況。

真奧並不認為志波會放著加百列不管讓他自生自滅，某方面而言，比起真奧或惠美，讓擁有壓倒性力量的志波來保護他或許才是最好的選擇。

「我倒是想再送他下地獄一次呢。」

「不，保險起見我先說清楚，他可是從來沒去過地獄。」

艾契斯還是一樣非常討厭天使。虧她有辦法在這種狀態下，和加百列一起住在志波家。

「嗯，小美阻止我好幾次了。」

「妳做了什麼必須被阻止的事情嗎？」

「畢竟他們對我們做出了那樣的事情……」

艾契斯痛苦地皺起眉頭，抱著膝蓋蹲下。

「不只我和姊姊而已。伊洛恩、『王國』，大家、大家都……」

「艾契斯……？」

「真奧。」

「嗯？」

「雖然我不知道你在煩惱什麼，不過還是趁能告訴對方的時候，早點說清楚比較好喔。」

「……」

「不然的話，或許會像我和姊姊那樣，被拆散好──久好久。所以要好好把握還能說的時候。」

「……嗯。」

明天就是志波和真奧等人約好，要說明一切真相的日子。

雖然不知道為何地點要選在漆原的病房，但想必很快就能知道理由。

真奧有股預感，到時候，自己或許也會被迫吐露自己隱藏的某些祕密。

「妳跟阿拉斯．拉瑪斯說過話了嗎？」

「……嗯。在爸爸房間，閒話家常。」

「這樣啊。」

真奧溫柔地摸著剛才打艾契斯的地方。

「既然你們分開了那麼久，短短一個星期應該不夠將心裡累積的話都說完吧。以後再慢慢聊就好。下次要是換你們遇到什麼麻煩，我和惠美會保護你們的。」

「嗯……」

艾契斯任由真奧摸自己的頭，同時以悲傷的眼神看向真奧。

「以前……」

「嗯？」

「以前，好像也有人和真奧說過一樣的話……」

「和我一樣的話？」

「嗯。不過，那已經是很久以前的事情，所以我不太記得了。」

艾契斯輕輕推開真奧的手，起身從屋頂上跳到公寓的庭院裡。

「幸好有稍微跟你聊一下。明天見囉。」

「喔、喔……啊，喂，等等，艾契斯？」

輕輕揮完手後，艾契斯便走回志波家，真奧慌張地對著她的背影大喊，但艾契斯似乎沒聽清楚，就這樣直接離開了。

「我、我到底該怎麼下去。」

儘管魔力就在底下，但隨便使用或許會對鈴乃或諾爾德造成不好的影響，就算只是干擾到他們，明天早上也一定會被抱怨。

「下、下得去嗎……」

真奧戰戰兢兢地將身子探出屋簷，在確認公共樓梯狹窄的平臺位置後，小心翼翼地將腳伸向那裡。

「魔王大人，您在那裡幹什麼？」

「唔喔哇？」

被突然從腳邊傳來的聲音嚇一跳的真奧，腳一滑就整個人吊在屋簷的邊緣。

「什、什麼嘛！原來你還醒著啊！別嚇人啦，蘆屋！」

仔細一看，蘆屋正睡眼惺忪地從二〇一號室的窗戶探頭看向這裡。

「被嚇到的是我才對。我還在想屋頂上怎麼會有奇怪的聲音……沒想到魔王大人您居然也會做出爬到屋頂上仰望夜空，這種多愁善感的事情。」

「雖然你好像誤會得很嚴重，但總之先幫我一下啦！」

「請您直接放手跳下來。」

「喂？」

「再五公分就碰得到地了。就算放手也不會有事。」

「五、五、五公分？真、真的嗎？我要放手囉。如果受傷，都是你的錯喔！」

「……唉。」

「呼……嘿！喔喔，嚇我一跳。」

真奧著地後鬆了一口氣，看見身為自己主人的魔王，居然因為區區五公分的高度緊張成那樣，蘆屋也只能嘆息。

「請問您到底怎麼了？您就那麼討厭和艾米莉亞一起工作嗎？」

「我很憂鬱啊！而且還是前所未有的憂鬱！」

另一方面，真奧乾脆承認蘆屋的話。

「我從來沒有遇過像這樣不曉得該如何是好的狀況！」

「唉……」

「事到如今，乾脆你也來麥丹勞吧！順便約鈴乃和諾爾德一起，乾脆叫所有來自安特・伊蘇拉的傢伙，都去那裡工作算了！這樣木崎小姐就是安特・伊蘇拉下一代的霸主了！」

「請您別這麼自暴自棄。到底發生什麼事了？」

「什麼事都沒有啦！總之我累了！肚子餓了！我要吃飯！」

正當真奧擺出威嚇的態度，準備走進房間時——

「魔王大人，請您先把自行車立好之後再回去。」

蘆屋指向因為艾契斯而倒在地上的杜拉罕二號，真奧見狀，只能不滿地走下樓梯。

「我會趁這段時間加熱照燒漢堡和薯條，有事情晚點再說吧。」

「你連我的分都買啦！這樣生菜會扁掉，所以不用加熱沒關係！真是的，我可是魔王耶！為什麼我這個魔王，非得煩惱這些莫名其妙的事情啊，可惡！」

真奧不悅地說著，但還是乖乖把自行車立好後才回來。

明天明明有場重要的「討論」，蘆屋卻因為預料到真奧今晚可能抱怨很久，而輕輕地嘆了口氣。

※

太陽的顏色和氣溫，都讓人感覺秋天即將到來，在乳白色牆壁環繞的病房內，漆原半藏正皺著眉頭緊盯電腦螢幕上那絕對不會產生變化的藍燈。

在真奧、鈴乃和艾契斯從國立西洋美術館啟程前往安特・伊蘇拉的那晚。

千穗打算向銚子的海之家「大黑屋」的店長——公寓房東志波美輝的姪女大黑天禰詢問有關地球以及安特・伊蘇拉的謎團，而漆原也發現了這件事。

因為從千穗的話裡，隱約能察覺她希望漆原從二〇一號室偷聽的意圖，所以他才想偶爾配合一下別人的計畫，但結果就是落到這個下場。

在一種未曾體驗的衝擊二度通過全身、讓他逐漸失去意識時，他接近本能地要求走進房間的人把電腦一起帶走。

「那麼，你是有什麼不滿？這裡對漆原老弟而言，應該是理想的環境吧？」

「哪裡理想了！」

漆原對坐在病床旁邊的椅子，擅自打開房間內的電視看旅遊節目的大黑天禰吼道。

「這裡是不會有人來打擾的個人房。不僅平常吵著要你工作的真奧老弟和蘆屋老弟不在，又有人主動幫你打理三餐。對身為尼特族的你來說，應該是個理想的環境吧。」

「我明明每天都被天禰小姐打擾，這裡的食物也清淡得一點都不好吃，再加上這裡的網路訊號真的是有夠差！我說啊，雖然天禰小姐也是如此，但社會大眾都對尼特族有所誤解。」

「呃，是有關怎樣才叫一流的事情嗎？」

天禰像個孩子般傾斜椅子，看也不看漆原直接問道。

「不對。尼特族或繭居族，是明明隨時都被保障能夠自由外出，卻刻意選擇留在家裡。外出這個選項，其實一直都存在於我們內心的某處。」

「嗯、嗯？換句話說，你在看這種旅遊節目時，偶爾也會想外出，或是到遠方旅行嗎？」

「不對。雖然我平常就不想出門，但也討厭被人關起來。」

「雖然原本就已經夠糟糕了，但這樣聽起來更是任性過頭，到讓人佩服的地步呢。」

「沒辦法，我本來就是這樣的人啊。」

「而且你這樣講也太難聽了，講得好像我把你關在這間病房裡似的。」

「實際上也差不多吧？我明明就說想要回去！」

漆原煩躁地關掉一直連不上網路的電腦，憤怒地對著天禰的背影怒吼：

「不過現在先別管我能不能自由回去的事情！你們一定是為了懲罰我偷聽妳和佐佐木千穗的對話，才把我的頭髮變成這樣對吧！雖然我已經不曉得問過幾次了，但你們到底是什麼人！我到底又是聽見了什麼不該聽的話！」

「嗯～我不是說過了嗎？我是『理解』的女兒，小美姑姑是和阿拉斯．拉瑪斯妹妹相同的存在。而且這些事和漆原老弟待在這裡的原因其實沒什麼關係。」

「姑且不論天禰小姐，阿拉斯．拉瑪斯和那個房東除了性別都是女性和擁有人類的外表以外，根本從頭到尾都不一樣吧！」

「哎呀，我們有哪裡不一樣嗎？」

「出現啦啊啊啊啊啊啊啊啊啊啊啊啊啊啊啊啊啊啊啊啊啊啊啊啊啊啊啊啊啊啊啊啊啊啊？」

在漆原和天禰爭執到一半時，病房的門突然被打開，讓漆原嚇得從床上跳了起來。

「喂、喂，漆原老弟，你還好吧？」

天禰慌張地把從床上跌到地板上的漆原拉起來，但漆原正一面全身痙攣，一面抓著天禰說道：

「我、我怎麼沒聽說房東太太今天會來？」

「咦？我沒告訴你嗎？」

「我根本沒聽說！」

「天禰……」

「不對！我有說過喔？印象中應該有說過？大概三天前！」

那道責備的聲音，當然是來自志波美輝，從她的語氣中察覺到不妙的天禰，慌張地將漆原扶回床上。

「反正妳一定是邊做其他事，邊隨口說說。漆原先生，你的身體狀況還好嗎？」

「在、在房東太太來之前……都還不錯。」

漆原像是隨時都會停止呼吸般的回答，他的眼神游移，完全無法直視志波。

「雖、雖然這麼說真的很失禮……但我總算切身理解，為何真奧和蘆屋會無法直視房東太太了。」

「我就當作我就是這麼有魅力好了。」

「嗚嗚……」

儘管志波顯得毫不動搖，但這對漆原而言可不是開玩笑的。

以前看照片時，漆原真的只覺得志波是個不自量力又恣意妄為，讓人有點討厭的中年女性罷了。

不過實際親眼見到志波後，問題已經不是討不討厭的層次，他的身體甚至開始出現異變。

頭暈心悸還算是好的了，光是像這樣面對面，漆原就覺得某種重要的能量正從體內深處不斷流失。

「大家馬上就到了，我只是先上來通知你們一聲。」

「大家是指……？」

「當然是指真奧先生他們啊！」

「咦？真奧他們已經回來了？」

漆原雖然大吃一驚，但馬上瞪向旁邊的天禰。

「那個……」

天爾像是在逃避漆原的視線般，將臉偏到一邊，簡直就只差吹出口哨而已。

「我打算等大家到齊後再說明。關於質點、生命之樹，以及漆原先生現在的狀態。」

「我的……」

漆原停止看向天爾，從床上起身。

病房角落設了一個洗臉臺，他看了一眼洗臉臺上方的鏡子後，皺起眉頭說道。

「唉，看見這個後，大家應該會嚇一跳吧……唔噁。」

接著突然有點想吐的他，從喉嚨深處發出呻吟。

※

真奧、千穗、惠美、阿拉斯·拉瑪斯、蘆屋、鈴乃、艾美拉達、艾契斯與諾爾德，各自從三臺並排在一起的計程車下車。

「這裡是……」

「嗯……」

千穗和真奧，在仰望志波安排的計程車抵達的場所後，互望了彼此一眼。

「是偶然嗎？」

「應該不可能吧。」

「可是，除了偶然以外……」

惠美、蘆屋和鈴乃，也同樣驚訝地抬頭看向這棟建築物。

「怎麼了嗎～～？」

「大家是怎麼了？」

「這間醫院有什麼問題嗎？」

艾美拉達、艾契斯和諾爾德，對五人奇妙的反應感到疑惑，唯獨被惠美抱在懷裡的阿拉斯．拉瑪斯乾脆地說道：

「我來過這裡！」

阿拉斯．拉瑪斯也對這棟建築物有印象。

志波和天禰為漆原安排的醫院，正是千穗過去陷入魔力中毒時也曾經住院過的，西海大學醫學院附設醫院東京分院。

儘管感到疑惑，一行人還是由了解醫院內部格局的千穗帶頭走到某間病房，然後停下腳步仰望那間病房的號碼。

「就是這裡吧。」

「居、居然是這種等級的個人病房，要是她們之後向我們討醫藥費要怎麼辦……」

千穗指示的病房大門，和隔壁病房的門之間隔了一段距離，可見裡面應該十分寬敞，即使房東之前說過不必擔心錢的事情，蘆屋的臉色依然馬上變得很難看。

「聽說這裡不僅能使用手機和電腦，還設有獨立衛浴呢。」

「看來環境比魔王城還好呢。」

真奧與蘆屋以複雜的表情面面相覷，然後下定決心敲了病房的門。

「請進。」

「唔。」

光是聽見裡面傳出志波的聲音，真奧和蘆屋的表情就變得更糟了。

「快點開門啦。」

由於惠美在背後催促，因此兩人只好重新做了個深呼吸，緩緩打開病房的門。

採光良好的病房內非常明亮。裡面擺了一張比千穗住院時使用的還要大上一截的病床，在看見不悅地坐在那張床上的某人後，除了諾爾德以外的所有人都自動僵住。

「……你們那是什麼反應。」

儘管真奧等人的反應和他預期的一樣，床上的漆原仍不悅地嘟囔著。

「咦，啊，呃……」

真奧慌張地看向後面的蘆屋，但蘆屋也一樣——

「這、這到底是……」

只能啞口無言地凝視著漆原。

「這、這是在開什麼玩笑嗎？路西菲爾又想戲弄我們嗎？」

鈴乃也困擾地向身旁的惠美徵求同意。

「不，可是，要說是玩笑也未免太……」

被問到的惠美搖頭回答。

「感覺～和我知道的路西菲爾不太一樣呢～」

艾美拉達將手抵在下巴，困惑地說著。

「路西菲爾怎麼了？」

阿拉斯．拉瑪斯也一樣驚訝地皺起眉頭。

「這玩笑也未免開得太過分了。」

艾契斯極度不悅地瞪向漆原的臉。

然而，漆原本人才像是對各人的反應感到不悅般，回瞪艾契斯。

「妳覺得我會為了開玩笑，主動做出這種事嗎？」

「那為什麼會這樣。這興趣也太低俗了一點。」

「去問旁邊的房東啦。我也不是自己喜歡才變成這樣！」

漆原努了努下巴，指向從容地站在床旁邊的志波。

「咦，可是，實際上到底發生了什麼事，漆原先生？」

千穗戰戰兢兢地舉起手指問道。

「你頭髮的顏色……？」

漆原頭髮的顏色，變得和所有人印象中的都不同。

不對，正確來說，在場的所有人都對那個顏色有印象。

只是漆原的頭髮，原本應該不是那個顏色。

「我也覺得靜不下來啊。明明什麼事都沒做，卻變成這種顏色！」

在透明中參雜了一點藍色的銀色。

那是和全力揮舞「進化聖劍・單翼（better half）」時的勇者艾米莉亞，或是身為大天使的沙利葉與加百列相同的髮色。

「他就是……惡魔大元帥路西菲爾嗎？」

只有不認識漆原的諾爾德，坦率地接受了漆原現在的狀態，但蘆屋卻從旁否定。

「不對，那是別人。」

「喂，蘆屋！別逃避現實啦！話說那個大叔是誰？為什麼艾美拉達・愛德華也在這裡，到底發生了什麼事？」

漆原也對素不相識的諾爾德，和不知為何宛如理所當然般出現在這裡的艾美拉達表示抗議，不過如今現場的氣氛也完全不適合一一自我介紹。

「關於漆原先生髮色的變化，恐怕是受到我的影響。與他身為人類的本質有關的部分，對我的存在產生了巨大的反應。只要離開我的影響範圍，過陣子應該就會恢復原狀。」

「雖然我知道這麼說很失禮，但我非常討厭這種表現方式。」

即使只是比喻，漆原還是不想承認自己和志波美輝在某處因為相通而產生了反應，從臉色來看，真奧和蘆屋似乎也正在想相同的事情。

「總而言之，既然大家都到齊了，那我們就在這裡各自推心置腹地把話說開吧。在這當中，一定也包含了讓漆原先生的髮色變成這樣的原因。」

志波像是為了平息場面般如此說道，此時，千穗的臉色瞬間變得僵硬。

「千穗？」

發現異狀的惠美呼喚千穗，但後者只是輕輕搖頭。

「我、我沒事。」

「是嗎？妳看起來好像不太舒服……」

「不，我不是這個意思。」

千穗稍微思索了一下後，回視惠美的眼睛。

「不過，我……相信遊佐小姐和真奧哥。」

「咦？咦咦……」

惠美因為不知道千穗想表達的意思而表現出驚訝的樣子，但由於後者沒再繼續說下去，惠美只好無奈地重新看向志波。

「那麼，我在此歡迎大批來自『異世界』的客人們。」

志波經過病床旁邊，緩緩走向真奧等人。

真奧和蘆屋不自覺地退開並空出一條路，但志波沒理會兩人，逕自走向艾契斯和惠美。

「……什麼事？」

不對，是走向惠美懷裡的阿拉斯．拉瑪斯。

阿拉斯．拉瑪斯的頭髮似乎被志波豐腴的手摸得有點癢，但惠美不知為何對志波的表情感到不安。

在和千穗剛才的表情重疊在一起後，惠美不自覺地再度看向身旁的千穗。

千穗像是事先就知道志波接下來要說什麼般，正屏息以待。

「回顧歷史，不同世界間的人們彼此往來，絕對不是什麼稀奇的事情。不同國家的人跨越土地，或是不同大陸的人跨越海洋時，其實也可以說是和不同的世界彼此交流。各位的狀況只不過是規模稍微大了一點而已。我先在此聲明，即使真奧先生你們想留在日本，留在地球，

或是佐佐木千穗小姐想前往真奧先生等人的故鄉安特・伊蘇拉，也不會有任何問題。」

然而，現場所有人都對志波接下來要說的話抱持某種確信。他們的氣氛與眼神，將這樣的想法表露無遺。

「可是……就只有這兩位，必須盡快回到原本的世界。」

「兩位……」

相較於因為不好的預感而只能勉強擠出聲音的真奧，志波乾脆地說道：

「阿拉斯・拉瑪斯小姐與艾契斯・阿拉小姐。身為安特・伊蘇拉『基礎』質點的化身，這兩位如果繼續待在這裡，對安特・伊蘇拉的人類們而言，是件非常危險的事情。」

「為什麼？即使『基礎』被稱為構成世界的寶珠，但她們長年以來不都是維持碎片的狀態嗎？然而安特・伊蘇拉，並沒有發生任何異常。」

鈴乃慌張地喊道。

過去和真奧他們爭論，是否該將阿拉斯・拉瑪斯還給「基礎」的守護天使加百列時，也是鈴乃率先否定了質點是構成世界的寶珠這項傳承。

怎麼可能只因為一個寶石的狀況如何，就影響整個世界的構造。

難道只要掌管月亮的「基礎」碎片消滅，月亮就會跟著消滅嗎？或是她所掌管的寶石，銀會跟著消滅呢？這種事根本不可能發生。鈴乃搬出自己的主張，否定將阿拉斯・拉瑪斯送回原本場所的意義。

「鎌月小姐，妳剛才說沒有發生任何異常？」

「嗯……」

鈴乃本來還想激動地說下去，但志波的視線卻散發出一股不容辯駁的魄力。

「既然如此，那妳的那股力量是怎麼回事？」

「我、我的力量？」

鈴乃忍不住低頭看向自己的身體。

「我從天禰和佐佐木千穗小姐那裡聽說了。妳和異世界的惡魔戰鬥時所受的傷，只花了三天就徹底痊癒。」

「那、那單純只是因為用了治療的法術……」

「那麼我請問妳。鎌月小姐，妳曾經在日本，或是在地球看過類似的力量嗎？那種能讓身體幾乎要被切斷的刀傷，只花三天就徹底痊癒的力量。如果佐佐木千穗小姐受到相同的傷，即使幸運保住性命，也必須接受一個月的徹底看護。」

「我就說那是因為……」

「妳還不懂嗎？」

志波轉向鈴乃說道。

「妳所說的『治療法術』本身，就是問題所在。」

「……咦？」

「我並不了解各位的世界——安特．伊蘇拉的歷史。不過根據我從佐佐木千穗小姐和諾爾德先生那裡聽來的資訊，那裡似乎是個擁有相當成熟的文明，以及許多人類生活的世界。即使如此，那樣的力量仍彷彿理所當然似的保留了下來。若這些孩子——安特．伊蘇拉的質點正常運作，根本就不可能發生那種事情。」

「這到底是什麼意思～～？這樣聽下來～～志波小姐似乎認為『法術』是不應該存在的力量～～」

志波乾脆地肯定艾美拉達充滿不安的提問，然後——

「進一步而言……」

她以視線將在場所有人掃過一遍。

「『聖法氣』與『魔力』至今仍充斥世界，對安特．伊蘇拉的人們來說就不是個良好的狀態。」

「這是怎麼回事？難道妳想說構成世界的寶珠真的會維持世界的平衡，只要少了它們，世界就會毀滅……」

「鎌月小姐，請妳仔細聽別人說話。我從頭到尾，都沒說過安特．伊蘇拉這個『世界』會有危險。」

「……啊？」

志波從容地將手放在鈴乃肩膀上。

「會因為失去質點，以及『聖法氣』和『魔力』持續存在而面臨危險的，只有你們這些『人類』。」

「人……類？」

鈴乃還是無法清楚掌握志波的真意。

所以她對惠美、艾美拉達、諾爾德，以及蘆屋、漆原、真奧，甚至千穗投以求助的視線。

但所有人都只能困惑地搖頭。

「無論質點處於何種狀態，安特．伊蘇拉的海洋、天空或大地，以及在上面生存的所有動植物，都不會受到任何影響。和質點與生命之樹有關的，終究只有人類。若阿拉斯．拉瑪斯小姐和艾契斯．阿拉小姐一直像這樣沒回到她們該回去的地方，安特．伊蘇拉的人類應該會在不遠的將來滅亡吧。」

或許是因為相較於這沉重的內容，志波的語氣顯得極為平淡，被預告即將滅亡的安特．伊蘇拉的人類們，至今都仍未反應過來。

「當然這並非明天，或是後天就會發生的事情。想必即使等到各位的壽命結束，安特．伊蘇拉的人類們看起來還是沒受到任何影響吧。不過……一百年後，或是兩百年後會變得怎樣，我就無法保證了。」

「一、一百年後？」

對人類的一生，以及世界的變遷而言，一百年實在是段過於漫長的時間。

不過若是從人類歷史的角度來看，一百年的歲月又實在太過短暫。

更何況這裡還有壽命別說百年，甚至已經到千年的惡魔存在。

「房、房東太太，我實在不覺得安特·伊蘇拉的人們會在短短的一百年後滅亡。」

蘆屋戰戰兢兢地提出意見，志波輕輕點頭。

「說得也是。不過我認為這樣下去，別說是五百年……就連能否撐三百年都是個問題。如果是會有什麼巨大的隕石掉落也就算了，但即使沒發生那種毀滅性的天災，只要繼續像這樣使用聖法氣或魔力，安特·伊蘇拉的人類就沒有未來。人類的數量遲早會緩慢地減少，最後面臨無可挽救的滅亡。」

「這到底是怎麼回事？如果不曉得質點和人類之間的因果關係，我實在無法就這樣相信妳的話，乖乖把阿拉斯·拉瑪斯還回去。」

即使現場的一切都被志波的氣氛吞沒，但唯獨惠美毅然地向志波發問。

「這孩子和艾契斯是我的……是這裡所有人的寶貝。說到她們原本待的地方，其實就是安特·伊蘇拉的天界。是那些毫不在乎安特·伊蘇拉的人類以及這些孩子會怎麼樣的天使所居住的地方。我絕對不會讓這些孩子回到那種地方。」

「關於妳說的天使……那位叫加百列的青年，已經在前幾天醒過來了。」

「妳說加百列？」

「他說了一些令人困擾的事情。」

志波輕輕嘆了口氣，改變話題。

「他，加百列一清醒，就想立刻逃回天界。雖然因為他決定下得很快，所以差點就被他逃跑了，但因為發生了某件對他來說不幸的事情，他的逃亡失敗了。」

「不幸的事情？」

還有什麼比在志波家被志波照顧更加不幸的事情嗎？真奧和蘆屋以眼神對話，但當然沒有實際說出口。

「安特·伊蘇拉的『天界』，換句話說就是阿拉斯·拉瑪斯小姐和艾契斯·阿拉小姐必須回去的地方，被封鎖起來了。那裡目前變得完全不接受來自外部的干涉，也無法透過『門』返回。或許『他們』已經決定要放棄這些孩子。」

「天界被封鎖了……說到這個，雖然我以前從來沒在意過……」

惠美像是突然想起什麼似的，轉頭看向真奧。

「喂，魔王。」

「啊？」

「魔界是在哪裡啊？」

「……啊？」

真奧擺出像是被問了個蠢問題似的表情，反問惠美：

「妳問這個問題是認真的嗎？」

「什麼嘛。那還用說嗎？」

惠美不悅地回答。

「是像天國與地獄的模式圖那樣，其實位於安特．伊蘇拉的地底下之類的嗎？還是說像地球跟安特．伊蘇拉那樣，其實是不同的世界……」

「那怎麼可能。妳是真的不知道嗎？」

真奧困惑地看向蘆屋與漆原。

「話說回來，我們好像沒有人特地宣稱自己是來自哪裡呢。」

「又沒有人問我們。」

蘆屋和漆原也像是現在才發現似的聳聳肩點頭。

「唉，反正就算被知道也不會怎麼樣……我們是來自月亮。」

「咦？」

「……」

惠美倒抽一口氣，在她旁邊的千穗則是沒被任何人發現地輕輕握緊拳頭。

「妳幹嘛這麼驚訝。就是月亮啊。從安特．伊蘇拉看過去紅色的那個。魔界就是在那個紅色的月亮上。」

「你……你說月亮？那、那麼……」

「嗯。所以天界就在藍色的那裡。」

漆原乾脆地對驚訝的鈴乃點頭說道。

「這樣要說是異世界，感覺也有點微妙。」

志波無視驚訝的惠美與鈴乃，拉開病房的窗簾。

耀眼的陽光從窗外灑進室內，從這裡也能看見西海大學醫院所在的代代木區的許多大樓，正宛如要貫穿天際般的高入雲霄。

「地球也好，安特．伊蘇拉也好，所有具備生命之樹的大地，都並非存在於不同空間、次元或時間的異空間。」

志波仰望東京的晴空，像是覺得眩目般將手伸向陽光。

「無論地球還是安特．伊蘇拉，都是漂浮在這個天空彼端的宇宙中，其中一顆人類居住的

星球。」

「……原來是這樣……」

惠美不自覺嘆道。

自從來到日本以後，她就有隱約察覺到。

儘管她沒像艾契斯那樣跑去天文臺學習關於夜空和宇宙的知識，還是很有機會得知地球是一顆浮在宇宙中的行星。

透過電視、電影和網路，她也獲得了廣闊的大地其實是個巨大的球體，以及萬有引力的相關知識。

所以只要回想起自己的故鄉——那個有外表相同的人類、能夠呼吸的大氣，夜空上閃耀著無數星子的地方。

她沒多久就發現安特．伊蘇拉或許也是個漂浮在宇宙中的行星。

話雖如此，惠美還是沒想過魔界和天界居然在月亮上面，畢竟這個事實、這項資訊本身，並無法為她的周遭帶來什麼改變。

就只是讓原本曖昧模糊的「異世界」多了個明確的定義，無論如何，地球和安特．伊蘇拉彼此依然是個無法靠飛機、電車或徒步抵達的場所。

反過來說，姑且不論現在無法靠「門」前往天界這個情報對加百列而言有什麼意義，至少對惠美等人來說，感覺是個好消息。

畢竟長期和惠美與阿拉斯・拉瑪斯敵對的天界，自己主動切斷了與這邊的接觸。

然而志波以險峻的表情說道：

「若想讓質點正常發揮機能，就必須湊齊所有的質點。按照艾契斯的說法，就只有『基礎』已經與其他的質點隔離了長達好幾百年。不曉得這種狀況，會對其他質點帶來什麼不良影響。」

「其他的，質點……」

蘆屋的低喃，讓真奧回想起「嚴峻」質點化身的少年，伊洛恩。

伊洛恩雖然聽從天界的指示，但從理應能夠使喚他的守護天使卡邁爾的樣子來看，卡邁爾和伊洛恩之間並不具備在本來的意義上互相使喚的關係。

在艾夫薩汀的那場戰役中，唯一曾和伊洛恩有過接觸的蘆屋，雙手抱胸地向志波問道：

「房東太太，妳說的不良影響是指？」

「這個嘛……雖然『基礎』不在的不良影響，已經以『法術』的型態呈現，但其他的狀況除非實際親眼見到，否則我也無法判斷，就算真的見到，我們也無能為力，這部分只能交給各位處理……」

「居然說自己無能為力……」

志波暢所欲言地說完後，突然又說自己無法干涉，儘管真奧因此皺起眉頭，但天禰打斷他說道：

「這也是無可奈何的事情，畢竟小美姑姑是地球的質點。她的力量本來就只能為地球的人使用。」

「質點……話說這是真的嗎？房東太太是和阿拉斯．拉瑪斯與艾契斯相同的存在……」

真奧半信半疑地問道，志波乾脆地點頭回答：

「雖然我本人不是『基礎』，承擔的責任也和其他質點微妙地不同。」

「可以請問您是哪個質點嗎？」

鈴乃問道。

若能知道志波是十個質點中哪個質點的化身，那做為驗證的材料，再也沒什麼比這更有價值的情報了。

不過，志波的回答卻超乎鈴乃的想像。

「我是第十一個的質點。」

「……十一？」

鈴乃驚訝得頻頻眨眼。因為這是不存在於她的知識內的數字。

根據聖典的記載，構成世界的寶珠質點一共只有十個。

「……不知道第十一個質點的存在。在安特・伊蘇拉的不良影響當中，這算是最嚴重的問題。艾契斯也不知道第十一個的存在。」

「就算妳這麼說，不知道的事情就是不知道啊。」

艾契斯若無其事地說道，但某個出乎意料的對象，卻對這個數字產生了反應。

「第十一個……質點嗎？我好像有聽誰提過……」

「漆原？」

「啊，我想起來了。是撒旦告訴我的。」

「咦？我嗎？」

漆原以像是想起昨天的晚餐般輕鬆的語調說道，真奧連忙回答：

「我有跟你說過這種話嗎？你確定不是卡米歐？」

真奧最早是從惡魔大尚書卡米歐那裡獲得與質點有關的知識，儘管那是久到讓他後來忘記這些資訊的事情，但因為入侵安特・伊蘇拉後有機會閱讀大法神教會的聖典，他才得以重新補充這些知識，不過他這麼做只是想滿足自己的知識慾，並沒有打算拿來利用或告訴別人。

所以在真奧說明完後，漆原搖頭並揮揮手回答：

「不是啦，我說的不是真奧。」

「「「古代的大魔王，撒旦。」」」

三名人物的聲音重疊在一起。

一個當然是漆原。

另一個居然是艾契斯。

而最後一個，則是最讓人意外的人物。

「千穗？」

惠美和其他人都驚訝地看向千穗。

「嗯？」

「千穗？」

異口同聲地表示疑惑的漆原和艾契斯，也訝異地看向千穗。

「咦？佐佐木千穗，為什麼？真奧，是你跟她說了什麼嗎？」

「不……」

在所有人都大為吃驚的時候，真奧搖頭回答漆原的問題。

只有志波、天禰與真奧壓下一開始的驚訝，仔細地觀察千穗。

「那佐佐木千穗怎麼會知道『古代的大魔王』這個稱呼……」

「我倒是也很在意艾契斯為什麼知道……佐佐木小姐，這件事情是誰告訴妳的？」

蘆屋交互看著艾契斯和千穗問道。

接著，千穗快速看向蘆屋。

「佐、佐佐木小姐？」

蘆屋從千穗的表情感到有些不對勁。

因為並非安特．伊蘇拉人而一直沒參與對話的千穗，直到剛才應該都還以認真的表情在旁邊聽才對。

然而千穗現在的表情，總覺得與現場非常不搭調。

那是認真，卻又帶著某種空虛的表情，而且還散發出一股奇妙的餘裕。

「我知道古代的大魔王撒旦的事情。」

「小美姑姑，這是……」

「嗯，恐怕是那樣沒錯。」

看見千穗發出明明耳朵聽得見，但又好像馬上就會消散的聲音，天禰全身散發出緊張感，反倒是志波看起來沒什麼特別的變化。

「……小千！妳知道些什麼？」

真奧尖銳的聲音，讓室內所有人的注意力都集中到他身上。

真奧伸出右手，制止因為千穗的樣子感到緊張的天禰與志波。

「請大家稍微安靜一下。之前也曾經發生過類似的狀況。」

真奧緩緩對漆原、艾美拉達、諾爾德與艾契斯說道，暗示他們不要輕舉妄動。

「妳現在有什麼事情要告訴我們對吧？」

「嗯。」

然後，就在千穗恍惚地回答真奧時——

「「「……！」」」

因為真奧一開始那道銳利的叫聲重新振作起來的惠美、蘆屋跟鈴乃，注意到真奧的左手稍微動了一下。

「「「……」」」

於是三人在千穗看不見的地方，快速地交換了一下視線。

「……唔？」

「爸爸？你怎麼了？」

此時，艾美拉達後面的諾爾德皺起眉頭發出呻吟，艾契斯眼尖地發現後，出聲關切。

「啊，沒什麼，只是覺得有點頭暈。沒什麼大不了的……」

真奧以眼角快速確認諾爾德的狀況後，再次對千穗問道。

「告訴我，妳知道些什麼？」

千穗沒注意到惠美、蘆屋和鈴乃的狀況，緩緩開口：

「第十一個質點。那是曾被稱為『大魔王』的某個天……」

正當千穗開始宛如朗誦詩歌般說明的瞬間。

「動手！」

真奧突然下達指示。

就在這個瞬間。

惠美、蘆屋與鈴乃迅速展開行動。

蘆屋走向對開的衣櫃，鈴乃走向浴室的拉門，惠美走向病房入口的拉門，然後三人各自迅速拉開自己眼前的門。

「「呀？」」

兩道細微的慘叫聲重疊在一起。

惠美猜中了。

拉開病房的門後，惠美發現眼前站了一名看起來正打從心底感到驚訝的護士。

剛才那道細微的慘叫，就是來自這名護士。

就在剛才，護士與千穗的慘叫聲重疊在一起。

「別讓她逃了，惠美！」

「呀啊！」

「咦……呼啊？」

用不著真奧提醒，惠美已經揪住那名護士的衣領，以像是要讓她接受鞭刑的氣勢，將她拉到病房中間。

在一臉訝異，還來不及理解發生什麼事情的艾契斯和諾爾德後方，千穗宛如大夢初醒般，愣愣地打了個呵欠。

「你、你、你們這是幹什麼？」

護士因為探病的客人們突然施暴而陷入混亂。雖然客觀看起來是這樣沒錯。

不過惠美一直抓著護士的後衣領不放，鈴乃和蘆屋也分別移動到病房的入口和窗戶「封鎖退路」。

「你們幹什麼！我要叫人來囉！」

「喔喔，想叫就叫叫看啊。」

真奧以險惡的眼神瞪著大聲嚷嚷的護士，緩緩走向她。

這位看起來年近三十，身穿整潔清爽的淡藍色護士服的護士，正慌張地想要逃離惠美。

「我剛才在這個房間裡，稍微散播了一點魔力。」

不過她在聽見真奧這麼說後，便放棄了抵抗。

「姑且不論有聖法氣的人，那位大叔可是不舒服到覺得頭暈喔？如果是普通的地球人，應該一進房間就會出現心悸、呼吸困難、倦怠以及頭暈的症狀，完全無法逃跑。看來妳的身體還滿強壯的嘛。」

「……………等。」

「這次和上次的『錄音』不同。小千剛才有確實和我『對話』。所以我才認為妳應該就在附近，不過妳也未免做得太過火了吧。」

「………………」

仍被惠美抓著的護士，一聽見真奧的說明便突然變得配合，然後僅以視線慢慢環視聚集在這個房間裡的人們。

「……咦？咦？遊、遊佐小姐？妳在做什麼？」

千穗少根筋的聲音，打斷了現場短暫的緊張感。

宛如呼應千穗的聲音般，護士放鬆全身的力氣，沮喪地垂下頭。

「……這下失算了……」

她像是變了個人般說道。

真奧像是被這句話激怒般握緊拳頭。

「我揍妳喔。」

「我不記得我有把你教成一個會打女人的人。」

「妳應該知道我後來成為了魔王吧。而且男女平等這句話，就是為了這種時候存在的。」

「我想應該不是……」

「魔王大人。就是這個女的在操縱佐佐木小姐嗎？」

「咦？我怎麼了嗎？」

千穗被蘆屋的問題嚇了一跳，真奧輕輕點頭。

「這傢伙到底是誰？魔王，你對這個從遠處操縱千穗的亂來傢伙的身分心裡有底嗎？」

惠美也同樣以嚴厲的語氣瞪向被自己抓住的護士。

這位護士的身高和惠美差不多，她戴著綠色的工作用口罩，和其他醫院員工一樣用大量髮夾將頭髮固定在後面。

光就外表來看，她只是個沒什麼特別之處的普通日本人。當然在場也沒人認識她的長相。

不過——

「惠美。」

「什麼事？」

「雖然她的確是個亂來的傢伙，但妳不可以這樣稱呼她。」

「啊？」

無視驚訝的惠美，真奧向護士搭話：

「喂，這件事由我來說好嗎？我是無所謂啦。」

「……這下麻煩了。」

此時，護士的聲音明顯改變。

「！」

最先對這個聲音產生反應並抬起頭的，是因為接觸到真奧的魔力而臉色憔悴的諾爾德。

「難不成……」

護士有些悲傷地看向諾爾德——

「啊？」

然後她的全身突然開始發出光芒。

「惠美，別放手！蘆屋、鈴乃，別讓她逃了！」

「咦、咦咦？怎、怎麼了？」

「遵、遵命。」

「嗯、嗯。」

無視困惑的三人——

「我不會逃跑啦。」

光芒裡傳出一道從容的聲音。

「唔？」

惠美倒抽了一口氣。

「什……！」

諾爾德驚訝地呻吟。

「啊啊～～！」

艾美拉達舉起手指大喊。

「咦，媽媽？」

阿拉斯．拉瑪斯輕聲低喃。

柔順的銀色秀髮與紅色的眼睛，那是和加百列一樣身為天界天使的證明。

不過在目前這個情況下，那只能算是細微末節的小事。

現場每個人都緊盯著那張臉看。

「……不好意思，讓大家見笑了。」

依然被人拎著領口的美麗天使，露出尷尬的微笑。

「居然在這種麻煩的時候跑出麻煩的傢伙。」

儘管板著一張臉，真奧還是有些懷念似的看向那名天使。

「妳還是先做好在坦白招認一切前，都沒有飯吃的覺悟吧。畢竟在場的所有人，都被妳這隨便的傢伙給折騰得夠久了。」

「嗯……我知道噗！」

真奧的語氣雖然不悅，但仍參雜了些許的溫柔，正當那名天使準備回應時，一道清脆的聲音打斷了她，隨後發出的呻吟聲，更是徹底破壞了她先前神聖的形象。

惠美用抓住天使後領以外的另一隻手，賞了她一個耳光。

「……」

「喂、喂，惠美？」

「艾、艾米莉亞！等一下！她是……」

「……」

真奧和諾爾德連忙勸阻惠美突然的行動。

「咿！」」

但在被惠美以如同能面般冰冷的表情，和至今從未顯露過的凶狠眼神給瞪了回來後，統治

魔界的惡魔之王和勇者的親生父親只能發出慘叫。

「咦，那、那個……」

另一方面，挨打的一方像是不曉得發生了什麼事般，驚訝地看向惠美。

看是看了——

「我說，艾米噗！」

正當那名天使想對將自己拉起來的惠美說些什麼時，馬上又被另一個耳光打斷。

「給我咬緊牙關。」

「呃，那、那個，可以稍微等噗！」

「誰要等妳啊。」

「拜、拜託啦，我會一五一十地全部說啊噗！」

「不管妳想說什麼，都別以為我會輕易地信任妳。」

「那、那個，拜託妳，聽我說噗噗！」

「我會聽。不過聽完之後，只會有更慘的事情在等著妳。因為妳對我做的那些事情，就是有這麼過分。」

「我、我是真的覺得對不起妳！我是真心的，晚點妳想怎麼對我都沒關係，拜託妳先放開我！還有拜託別再打我的臉！」

天使每說一句話，病房裡就會響起一道清脆的巴掌聲，面對惠美絕對零度的視線，天使只能不斷哭著懇求，在這樣的狀況重複了幾次後——

「惠美！惠美！妳做得太過火了！這樣她會沒辦法說話！而且她的臉已經變得像是卡通裡得蛀牙的小孩子了！」

「艾米莉亞～～！請妳冷靜一點～～！」

「遊佐小姐！不行啦！別再打下去了！」

「姊姊，不可以看喔？」

「什麼～媽媽她們在幹什麼～」

「艾、艾米莉亞！艾米莉亞！現在先忍耐一下！拜託妳，這是爸爸一輩子的請求！」

真奧、艾美拉達和千穗奮力阻止面無表情地反覆揮動手掌的惠美，艾契斯持續摀住阿拉斯．拉瑪斯的眼睛避免她看見惠美的暴行，最後諾爾德抓住惠美一直不肯放開護士服後領的手臂，試圖替兩人打圓場。

「啊呼嗚嗚嗚嗚嗚……」

等惠美總算停止暴行時，美麗女天使的臉已經變得像拿破崙魚和浪人鰺混在一起的慘狀。

「……呼……呼……」

惠美眼神空洞地持續擺出用左手打耳光的姿勢，真奧將那樣的她交給艾美拉達和千穗處理

後，對天使說道：

「喂，我不會害妳，妳還是一五一十地把知道的事情全部交代清楚比較好喔？不然的話，以那傢伙（艾米莉亞）目前的狀態來看，或許會發生連我們都保不住妳的狀況，要是一個不小心，妳說不定還會被殺掉呢！」

「好……」

被諾爾德扶著肩膀的天使輕輕點頭，以參雜著淚水的聲音回答，那道聲音聽起來，似乎比真奧記憶裡的印象要來得柔弱與不可靠。

真奧嘆了口氣，沮喪地垂下肩膀。

「妳就只有莫名其妙這點和以前一樣完全沒變。」

完全沒想到自己會在遙遠的未來成為魔界之王君臨魔界的年幼惡魔的記憶，又重新從空洞的記憶底層浮了上來。

「好久不見了，萊拉。」

曾在紅色月亮上邂逅彼此的年幼惡魔與美麗天使，如今在藍色的星球上順利重逢。

—待續—

# 作者，後記 — AND YOU —

投入新環境，總是會讓人覺得緊張對吧。

學生時期的換班、轉學和升學自不待言，去補習班或開始打工時，也會遇到這樣的狀況。只要一出社會，就會進入新的職場或部門，有時甚至會改變居住的地方。

不管是誰，每當置身於新環境時，應該都有過煩惱未知的未來，或是緊張到睡不著的經驗吧。

事情是發生在《打工吧！魔王大人》這部作品問世之前。在接到作品留到電擊小說大賞最終選拔的通知電話，到實際前往編輯部間其實間隔了一段時間。和ヶ原在這段期間，每天都無意義地擔心接下來究竟會發生什麼事情，導致工作時犯下平常絕對不會犯下的失誤，身體的狀況也因此變差。

我永遠忘不了第一次去編輯部那天的事情。在約定時間的二十分鐘前，我就已經抵達編輯部進駐的大樓，在消磨時間的過程中，我因為過度緊張而到附近的新宿中央公園跑了四次公廁，而且每次都是馬力全開。

之後在《打工吧！魔王大人》的第一集出版前，我又再度過了一段緊張的日子。寫續集時又緊張一次。在續集出版前又度過一段緊張的日子，這樣的狀況不斷重複發生，不知不覺間，《打工吧！魔王大人》到本書已經累積了十一集。

雖然每次寫新故事時，我都會因為忘不了最初的緊張，擔心自己能不能把故事寫好，不過既然這次能再度與各位見面，應該就表示我仍未忘記初衷吧。

等本書抵達各位手中，想必已經是二〇一四年五月的事情。春天又被稱作邂逅的季節，但同時也有一個叫五月病（註：一種因為無法適應新環境導致的精神症狀）的名詞，所以我想這段期間應該是能否適應新環境的一個分水嶺。

這次的故事，也是一群對嶄新的環境感到困惑，煩惱著該如何適應，但最後還是選擇不去適應，比起煩惱更以今天或明天的三餐為優先，到處奔走的人們的故事。

至今對《打工吧！魔王大人》這部作品設下的幾個限制，以本書為界已經獲得解除。

希望各位能夠喜歡進入新舞臺的《打工吧！魔王大人》第十一集，並期待下集能再度與各位見面。

再會囉！

Kadokawa Light Novels

# 魔法工學師 1 待續

Kadokawa Fantastic Novels

作者：秋ぎつね　插畫：ミユキルリア

**網路點閱數達到4,000萬人次!!**
**全新魔法體驗，不可思議的工藝系漫遊記登場！**

這個世界上只有一名魔法工學師存在，被選上當繼承人的就是主角二堂仁。但是他轉生過去的研究所中雖然有豐富的資材，卻完全沒有食物。為了填飽肚子，仁試著使用轉移門外出，卻因為轉移門失控被傳送到陌生的土地上——奇妙的工藝漫遊旅程自此展開！

台灣角川

NT$190/HK$58

Kadokawa Light Novels

## F級的暴君 1 待續

Kadokawa Fantastic Novels

作者：御影瑛路　插畫：南方純

**墮落的天才vs.孤獨的君主！**
**智力與智力的對決，就在「弱肉強食學園」展開！**

菁英學生聚集的私立七星學園，真實的一面是以殘酷的階級制度，並由「絕對的君主」來支配學生。但此時，在這樣的「弱肉強食學園」中，出現了一位墜落到最底層，欲以「暴君」之姿支配學園並登上頂點的危險野心家——藤白神流……

台灣角川

NT$240/HK$75

國家圖書館出版品預行編目資料

打工吧！魔王大人 / 和ヶ原聡司作；李文軒譯. --
初版. -- 臺北市：臺灣角川, 2014.02-
　冊；　公分
譯自：はたらく魔王さま!
ISBN 978-986-325-788-2(第9冊：平裝). --
ISBN 978-986-366-088-0(第10冊：平裝). --
ISBN 978-986-366-277-8(第11冊：平裝)

861.57　　102026291

Kadokawa
Fantastic
Novels

# 打工吧！魔王大人 11

（原著名：はたらく魔王さま！11）

2014年12月24日　初版第1刷發行
2016年8月12日　初版第2刷發行

作　　者：和ヶ原聡司
插　　畫：029
日版設計：木村デザイン・ラボ
譯　　者：李文軒

發 行 人：加藤寛之
總　　監：施性吉
總 編 輯：蔡佩芬
主　　編：吳欣怡
文字編輯：黎夢萍
資深設計指導：黃珮君
設計指導：許景舜
美術設計：蕭毓潔
印　　務：李明修（主任）、張加恩、黎宇凡、張則蝶
發 行 所：台灣角川股份有限公司
地　　址：105台北市光復北路11巷44號5樓
電　　話：（02）2747-2433
傳　　真：（02）2747-2558
網　　址：http://www.kadokawa.com.tw
劃撥帳戶：台灣角川股份有限公司
劃撥帳號：19487412
法律顧問：寰瀛法律事務所
製　　版：尚騰製版印刷有限公司
ISBN：978-986-366-277-8
香港代理：香港角川有限公司
地　　址：香港新界葵涌興芳路223號
　　　　　新都會廣場第2座17樓 1701-02A室
電　　話：（852）3653-2888